シャスタ編

願いを叶える

聖地紀行

7人の魂友《たまとも》

花咲てるみ

Mt. Shasta

明窓出版

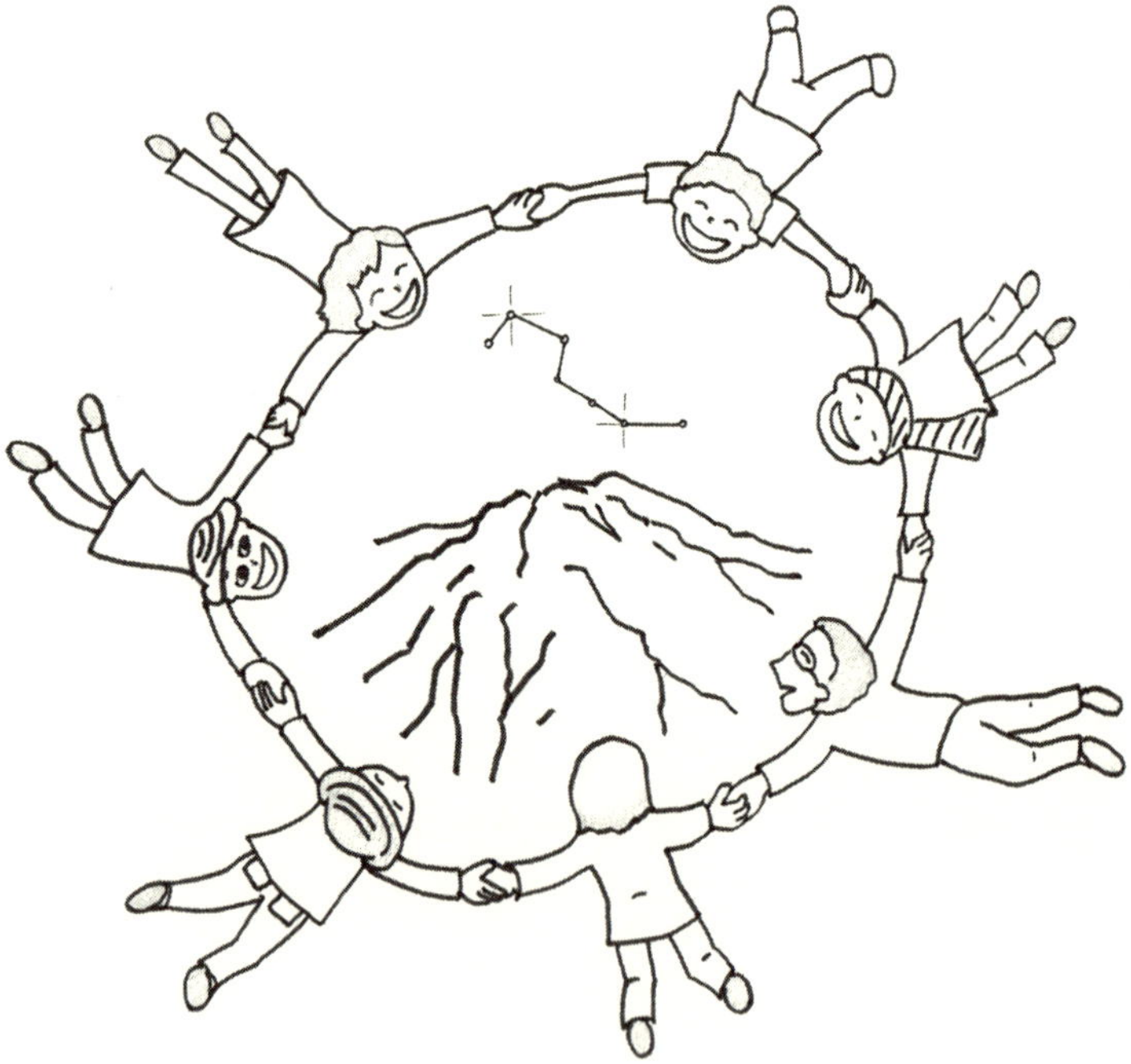

はじめに

このところ、なにかと不思議なことに遭遇することが増えている。

普通に生活をしていても、一般に不思議と言われる出来事に遭遇することがあるが、不思議な仲間たちと一緒に居るとそれが当たり前になり、いつの間にかそんな次元を生きているようにも感じられる。


私は日頃から「神さまデート」を楽しんでいる。

うっとりとした時間なので「デート」と呼ぶのだが、その相手は山や大地、川や草木や石、命あるもの、そしてそれらの背後にある意識などだ。

空も、太陽も、地球も、万物が神さまであるというなら、心を開くだけで、「神さまデート」を満喫することができる。


いつものように楽しんでいると、ある時、あちらから声を掛けられた。

「わたしです。こちらにいます」見ると、空からメッセージが来る。

「見てくれてありがとうございます」

そんなことはありえない、嘘に決まっている。きっとわたしの勘違いだと、これまで何度となく自分に言い聞かせて何もなかったことにしてきた。

しかしそのような出来事は次第に増え、いつの間にか自分の中での楽しみとなった。

それから十数年経ち、「ほら、見て」「ここにいます」と言われることが増えてきた。

わたしが姿を持たない誰かに出会ったことを、気のせいではなかったのかと思えば思うほど、そのような体験は増えていった。


これは、誰にでも起こりうることでもある。すでに起きていても気づかないことにしているだけかもしれない。

わたしも、小さい頃にいつもこんな世界から現実の世界に引き戻されてきた。

でも、見えない存在はどこにでもいて、わたしたちと交信したがっている。

いつの間にか、そんな風に考えるようになった。

話を楽しんで聞いてくれる仲間は、次第によく似た体験をし始めた。それは受け取る側の姿勢により誰にでも起きることなのだ。

例えば、誰かに心を開いて接することは、純粋な心と心が交流していると言えるだろう。

同じように、自然に対しても心を開くのだ。様々な存在は、こちらが意思を持って接した時にそれを感じて返してくれる。

わたしたちの周りにはすでにたくさんのメッセージが溢れていて、気づこうとすることで自然と気づきがもたらされるように仕組まれている。

その対象は様々だが、誰かや、何かに愛情を持って接する時に、すでに心はつながりを深めている。

生まれる前からの心の本質の部分が、目に映らない部分と交流している。

今回わたしは、「神さまツアー」とも言える体験をした。

不思議な仲間たちとのツアーに参加したのだ。

日頃から五感以上のものを感じる七人が集まったことで、このツアーはさらに特別なものとなった。

北アメリカのカリフォルニアにあるシャスタ山頂には、宇宙船の形をした雲が度々現れる。

ＵＦＯと呼ばれる飛行物体を見る人も多い。

かつて、インド洋に存在したとされる幻の大陸として伝説となっているレムリア地底都市への入り口があるとも言われている。そんなこの地に魅せられる人も多いようだ。

わたしたち七人は、シャスタに今を選んで招待されたようだ。

何らかの計らいにより七人の仲間が集結し、そこで不思議な七日間を共有することになった。

この集まりに、時空を超えて多くの精霊や神々、そして宇宙の存在が加わった。三次元と高次元との融合と言えるかもしれない。

私たちの心は見えない何かといつでも交流し、影響し合っているが、歩んできたその距離は今、更に近づきつつあるようだ。

ツアーに出発した朝、空港を歩いていると一枚の羽が舞い降りてきた。これは「幸先よし」と感じる出来事だった。

帰宅して近くの神社に旅のお礼に行った際、その目の前にまた一枚の羽が舞い降りた。

その時に「本を書いて」と言われた。そしてわたし自身も突然「書いてみたい」という衝動にかられたのだ。

宇宙の不思議は科学的に解明されていない部分も多いが、もはや否定しきれないことが多すぎる。

われわれが出会った宇宙の存在とのコンタクトの方法や交流については、スピリチュアル的にも科学的にも人生を生き抜く上でのヒントになるはずだ。

宗教の枠を超えた真理を知り、人間としての力を最大限に活かしながら生きることで、我々はどのように成長進化していくのかを見せられている気がする。

気づきやメッセージは、このツアーに参加したわたしたちだけに向けられたものではない。宇宙の未知に興味を持つ多くの方々と共有することで、宇宙の存在も喜んでくれるに違いない。

願いを叶える聖地紀行 ～7人の魂友《たまとも》 シャスタ編～ 目次

一章 ツアー初日

四章　ツアー三日目

五章　ツアー四日目

六章 ツアー五日目

七章 最終日

一章　ツアー初日

1　キノコちゃんは案内人

「どうして今日もハートレイクに来たんだろう。三日も続けて来るなんて思ってもいなかったし」「ほんと、おかしいですよね」

キノコちゃんはすでに何度かこう言ったが、皆は相槌をうつか、ほほえむだけである。

少ししてから「あ、あなたはみんなを案内するお役目だったのね」と舞さんが言った。

「えー、でもー」否定するのかと思ったら「でも、そうだったんだ」キノコちゃんは妙に納得した口調で言った。

みんなも「そうだったんだね」と言って笑った。

昨夜、自己紹介の時に舞さんは不思議な能力を持っていることを明かしてくれた。

時々、あちらからの声が聞こえるという。その声は必要な時にだけやって来るらしかった。

舞さんは、仲間のヒデさんとまっさんの三人でこのツアーに参加している。

このマジカルツアーを主催した美保子さんのツアーにも、何度か参加したことがあるようだった。

2　地球のチャクラ

北カリフォルニアのカスケード山脈に位置するマウントシャスタはカスケード山の宝石とも呼ばれ、昔からネイティブアメリカンの聖地とされてきた。

山麓からふもとにかけては美しい小川や咲き誇る花々、力強く時には穏やかに流れる滝と、どこまでも青く澄んだ湖がある。

長い年月をかけてろ過された湧き水は溢れ出し、水本来のピュアな味のクリスタルガイザーとなる。

ここはトリニティ国立公園の中にあるキャッスルレイク。入り口までは車で来たので気に留めなかったが、すでに高度千六百メートルを超えている。

目の前に拡がる湖はどこまでも青く澄んでいる。車を降りてからここに来るまでずいぶん歩いた。

六人は少し息を荒げながら、ゆっくりと進んで行く。

澄んだ空気が美味しいとはいえ、少し歩くと息が切れてくるのだ。

「こっちがシャスタ山で、あちら側にあるなだらかな感じの山がシャスティーナ。二連の山からなっているんですよ」

そういえば、時々登山を楽しむわたしは、二つの山がつながっているのを目にすることがある。そのことに何か意味でもあるのか、または単なる偶然なのかと面白く感じていたのだ。

「高い方は男性のエネルギー、低い方は女性のエネルギーを持っていて、両方のバランスが見事一つになっているのは世界中でもここシャスタ山だけと言われているんですよ」と横から誰かが教えてくれた。

昔のわたしは山に意識があるとか、動物や植物にも感情があるということを受け入れるには時間がかかった。

でも今は、全てのものに意識が宿っていても可笑しくないと考えるようになった。

だから、山が男女の異なったエネルギーを持っていると聞いても多分そうだろうなと思う。

シャスタ山は一年を通してずっと雪化粧をしているらしい。男性的だというが、わたしにはとても優しい感じがしてならない。

この山はエベレスト、キリマンジャロ、マチュピチュ、シナイ山、セドナ、富士山と並ぶ世界七大聖山の一つで、富士山とエネルギー的なつながりがあるらしい。

それに、シャスタには理想郷があるとも言われていて、実際に空には宇宙船がよく見られている。地球のチャクラ（エネルギーセンター）であるとか、伝説上の大陸レムリアがかつてここにあったとも言われているようだ。

3　ハートレイク

キャッスルレイクから一時間程、整備されていない道なき山道を進むと、ハートレイクという ハートの形をした湖が顔を出す。

ここまでキノコちゃんの案内のおかげで迷わずに来られてよかった。

ここハートトレイクには、呼ばれた人だけがたどりつくと言われているらしいが、確かに道標やトレイルのような案内がなかったので、初めての人なら迷ってしまうかもしれない。

でも、すでに二日続けてこの場所に来ているキノコちゃんは、わたしたちに一番近くて安全な道を的確に案内してくれた。

「うわー、本当にハートの形をしてる」上から見下ろすと、ハートの形がよくわかる。ここまで頑張って登ってきた達成感も手伝い、感動の瞬間だ。

「この辺がいいんじゃないかしらね」舞さんが指さす方に進んだ。

わたしが、土地の神に祈る場所を探していたからだ。

すると「見て、へびが居る、ほら」見ると、水際の岩陰から細くてきれいなへびが首をもたげ湖面に立ち上がっている。

日本でもそうだが、生き物はよく神のお使いとして現れるので、ここハートレイクでも歓迎されているに違いないと思い急に嬉しくなった。

そのすらりとした身体は女性の親指位の太さで、頭を水面から二十センチ程出している。身の丈は五、六十センチかと想像する。

茶色くキラキラとして美しいそのへびの顔は、横を向いているが何だか意味ありげで、みんながお使いの使者かなと想った時、舞さんが「何か言ってる」「あなたたちを歓迎しますって」と通訳してくれた。

そんな気がしたが、実際に「歓迎します」と聞くとうれしさが倍増する。

舞さんは、こうしていつもメッセージを通訳してくれる。

澄み渡る山の空気の中で、素晴らしい景色を眺めながら精霊の使者に歓迎されるなんて、嬉しすぎて、気持ちも舞い上がってしまう。

何という旅のスタート。素晴らしい幕開けだ。

横を向いたままじっとしているお使いのへびをみんなで見ていると、いつの間にか一羽の鴨が静かにやってきてそのすぐ横を通り、こちらに近寄り円を描いた。

鴨は「よく来てくれました」とわたしに告げた。これまでにも何度か鴨のお出迎えを受けたことがある。

わたしは、水で土地のエネルギーをつなごうと、比叡山の聖水を持って来た。そのことを喜んでくれたように感じた。

鴨が来たことで、へびは直ぐに湖にもぐってしまった。

その横で聖水をほんの少し湖に流し、平和の祈りをした。

皆も一緒に祈ってくれた。

わたしはいつの間にか、日本のみならず世界で神社仏閣や土地の氏神様などをまわり、海や山、どこでも祈りたくなった時に祈ることがライフワークになっている。

特別な宗教感を持っているわけではないが、ある時見えない存在に「神と人をつないでほしい」そう言われたのだ。

子供の頃から神職に就きたいと思っていたのだが見えない存在に「ならなくていいです」と言われた。

その時はなぜだろうと思ったが、そのおかげで自由に神社などをまわらせていただくことが出来る。

みんなは湖面に手を伸ばして、水の感触を味わった。

ハートレイクの中心であるハートのへこんだ部分には、一枚の巨岩がある。

先程までいた旅行者らしき数人がいなくなったので、わたしたちはハートの中心である岩の上に乗り、そこから湖の全景を眺めた。

「でも、どうして湖がハートの形をしているのかな」「どうしてこんなに大きな石が真ん中にあるのだろう」気になったのでそう言うと一瞬みんなが沈黙した。

4　山の精霊の声

少し置いて舞さんが山からの声を聞いたらしく、「これは岩じゃないって」「ほら、あの山が言ってる」。

またそれぞれがどういうことかと考える。

「あ、あの山の一部なんだ」口々にそう言った。なるほど、大きな山に囲まれた壮大な景色の中では、あの山は小高い丘のようにしか感じられない。

でもあの山はこの湖とつながっていて、このハートの中心にある岩はあの山の一部であり、心臓でもあるのだ。

「どうしてハートの形をしているのかな、なんて子供みたいな質問だったけど、そのおかげであの山のことに気づくことが出来てよかったわね」みんなはそう言って声のする山の方を見た。

「こちらを見て気づいてくれてありがとう」「よかったらこの山にも上ってみませんか」また山からのメッセージが入った。どうぞと招かれたことでとても楽しみになってきた。

山が話すなんてまるでおとぎ話の中に居るようだ。それも招待されている。心が躍った。

その山には、二、三人登っている姿が見える。それほど高くないのでわたしたちにも登れそうだ。

足元の巨岩の少し後ろには大きな丸太があり、痩せたインディアン風の男性が湖の主のように両腕を広げて木に寄りかかっている。ここでは誰もが、大自然と一体になりたいに違いない。

5　「湖の周りを一周してはどうですか」

「湖の周りを一周してはどうですか」と森の精霊からの声が次々と舞さんによって伝えられ

る。

三人の仲間たちと、このシャスタの旅の主催者である美保子さんは、すでに前回のツアーでメッセージが入ることを経験している。

舞さんと友人であるヒデさんとまっさんは、九年来のお付き合いということもあって、当たり前のように精霊の声を受け入れている。

今日、道案内をしてくれているキノコちゃんとわたしも、違和感なく見えない存在の声を受け入れている。

このツアーは募集要項に書いてあったように、マジカルなツアーなのだ。

ここに参加をした六人は、このツアーに呼ばれたようだ。アメリカ在住の美保子さんがこの五泊七日のツアーの募集を出した時に、「呼ばれたと思った人は参加してください」と記してあった。わたしも即座に「参加しなければ」と感じた。

この仲間たちはすでに見えない世界のことを知り、不思議な出来事を十分体験した人たちなのだと思った。

出会って直ぐ、直感的にこの人たちは信頼してもよい人たちなのだと思った。普通の人たちだからかもしれない。三人ともわたしより少し年上の感じがするが、とても普通だ。

舞さんにメッセージを送ってくれる相手は、姿は見えないが既にわたしたちの仲間であり、このツアーに一緒に参加してくれていて、その声を舞さんが通訳している、といった感覚でとらえている。

その姿は現さないが、舞さんが通訳してくれることでわたしたちとも会話が出来る。透明人間といった感覚だ。

言葉は通じなくても相手が何を言いたいのかがわかることがあるように、この見えない存在からの声もわたしたちには自然に伝わって来る。


八月の終わりのシャスタはまだ夏。日射しがきついので長袖のシャツを着て、日焼け止めも欠かせない。

汗をかくほどではないが、登っていると心拍数も上がり、のどが渇く。

何度か、今朝源泉で汲んだばかりのシャスタのミネラルウォーターでのどを潤す。

何億年も前からの水が大地をゆっくりと伝ってろ過され、染みだして溢れているありがたい水。ミネラルの豊富な素晴らしく美味しい水だ。

水には不思議な力がある。「ありがとう」と声を掛けた水と、「ネガティブ」な声を掛けた水とでは成分が変わる。

凍らせると、その結晶の形でも違いを知ることが出来る。

もちろん「ありがとう」と声を掛けた水は、味もよく身体にも薬になるだろう。保存の実験をしても傷みにくい。これらのことは科学者や研究者がすでに検証している。

そんなことを知らなくても、この水をひと口飲めば美味しいだけでなく、身体を蘇らせるほどの力があり、身体の細胞たちが大いに喜んでいることがわかる。


時計を見ると、もう昼の一時を回っている。おにぎりを用意してきたのは正解だった。こんなにも美しい大自然の中で食べるおにぎりは、さぞかし美味いに違いない。何というしあわせ。

ここに居るわたしたちは物語の中の小人のようにも感じられる。

ハートレイクの周りを一周してから、先程「どうぞ登ってください」と言われた山の上に進むことにした。


この岩の上から眺める湖の周りには草が生い茂り、草むらの向こうにはたくさんの岩が斜面を作っていて、本当に一周出来るのかといぶかしく思った。だが「一周してはどうですか」と招待されたのだから回れるはずだ。

緑の多い草原を、ピクニック気分で進んで行く。

斜面になった岩の辺りまで来て振り返ると、遠くにある山々を見渡すことが出来た。遠くに見えるシャスタの山は、山頂が白く美しいので、歩きながら何度も目をやる。急な斜面にあるゴロゴロとした岩をいくつか登ると、ちょうどそこから少し谷になった草原や丘になった起伏のある山の表情が見渡せる。

「ここでお弁当にしましょう」岩場には座りやすそうな岩がたくさんあって、お弁当を広げるにはちょうどよいように思えた。

各自岩を登って、座りやすい場所を探す。目の前にはハートレイクとシャスタ山がそびえる。

今日は朝から、ヒジキやごまがたっぷり入った混ぜご飯を、色々な大きさに握り、海苔を巻いた。ヒデさんとまっさんが、リュックに入れて運んでくれた袋の中から、それぞれが食べたい大きさのおにぎりを二つずつ手にした。

お米は、美保子さんが地元セドナで買って来てくれたものだ。形も味も、アメリカ産とは思えないほど美味しい。

おにぎりを食べ終わると、ナッツとドライフルーツが入った大きな袋が回ってきて、片手に少し取っては次の人に渡した。

6　光の妖精たち

ここからは、ハートレイクの全景が見渡せる。深い所と浅い所の色が微妙に違い、エメラルドグリーンからネイビーブルーまでそのコントラストが美しい。

先程の鴨も、仲間と共に三羽で気持ちよさそうに泳いでいる。湖の波紋を眺めていると、まっさんが「見える、ほら妖精がたくさん」と小さな声で言った。去年もシャスタに来た三人は、見える人、聞こえる人、エネルギーを使える人と、マジカルツアーの案内に書いてあった。

この人には妖精が見えるらしい。

「どこどこ?」わたしは一生懸命妖精の姿を探す。

まっさんの目に映る妖精とは、背中に羽の付いた天使なのか、それともおどけた可愛い小人のような姿をしているのだろうか。

「ほら、光が十字のように輝いては消え、消えては生まれているでしょう」

確かに見えている。わたしにもある時期からしっかりと見え始めたあの美しい光のことを言っているのだ。

翼は無いのか、わたしは目を凝らしてじっと見ていた。

「ほら、波紋を見て」「動きがおかしい」みんなが口々に言った。

風が波紋をつくっているのではない。水の中から生まれているように見える。

色々な方向から生まれる波紋は、まるでこの湖面上で光がダンスを踊っているようだ。この素晴らしいショーに、しばらくの間みんなくぎ付けだ。

この光景を、家族や仲間たちにも見せたかった。そう思いながらこの聖地でのしあわせをかみしめた。

「見て、さっきよりも光が強く大きくなっている」それに光がある一か所に集中してその一帯が大きな光になり、波紋の進む方に動いているようにも見える。

風など無い。

光の姿を借りた妖精たちは、わたしたちがそこに目を向けて愛でるほど、感動するほどに大きくなって輝きを増すようだった。

「湖があんなに喜んでくれている」この仲間たちは、日頃から精霊たちと会話しているに違いない。

湖を一周したことで、こんなにも見晴らしのいい桟敷席を見つけることが出来た。見えない存在はわたしたちを特等席に案内してくれたのだ。

ひとしきり眺めて楽しんだあと、わたしは先程のしゃべる山に早く登ってみたいと思った。次には何を話してくれるのか考えるとワクワクした。わたしの心は、おとぎ話の中の小さな女の子に早変わりしている。

7　山が背中を押してくれる

ハートレイクを一周し、妖精たちに挨拶をしてから、ハートの中心の岩からずっと上につながっている山に登ることにした。

「右から行く?」「左から行く?」などと会話しながら進んで行く。

舞さんと美保子さんは、朝からのハードな登山に疲れが出始めたのか、「わたしたちは山の途中までていいからみんなで行ってきて」と言った。

「ゆっくりと深呼吸をしながら行きましょう」と話しながら半分以上は進んだ辺りで身体がふわりと急に楽になり、わたしは一気に山頂まで上がってしまった。

美保子さんと舞さんは途中で休んでいると思い振り返ると、普通に登っている。

直ぐに山頂に到達した二人は、「おかしな感じだけど、その辺まで来ると急に楽になって、いつの間にか上まで来ていたわ」

「そう、もう駄目だと思っていたのに、誰かが押してくれたみたいに」と言った。

わたしも同じ感覚を味わったので、何かの力が全員を登らせてくれたのだと思った。

わたしはこれまで不思議な体験をする度に、「偶然だ」とか「気のせいだ」と思うことにしてきた。ここは不思議な世界ではないと、かたくなに信じていた。なぜなら、これまでに何度も信じたことから裏切られ、ミラクルなど起きるはずがないと諦めていたからだ。それが一度**気づきはじめると、途切れていた線がつながるようにこれまでの出来事が偶然ではなかったと知らされ、確信につながった。**

わたしは一度、屋久島を歩いていてもう歩けないと思った時に、最後まで歩かせてもらったことがある。その時も、誰かに背中を押してもらった感じがした。

不思議な体験は、必要に応じてやってくる。

今回のツアーに申し込もうかと考えている時には、色々な夢を見た。どれも大吉夢だったので、この旅行は素晴らしいものになると何かがわたしをあと押ししているのを感じた。

暗示にも似た不思議な出来事は、わたしが確信を持つまでさまざまな形で何度でも伝えようと示し

てくれて、あきらめることがない。

それはまるで何でも教えてもらえる学校に通っているようで、理解したら次に進むことができるが、そこがクリアできていないとその先に進むことができない。だが、これらの不思議に思えることにも法則があり、わたしたちの意思が大きく関わっている。

8　しゃべる山

美保子さんが「見て、ここハートになってる」と言った辺りには、ひざ丈位の植物が密集しているが、なぜかハートの形に茂っていてその中心だけが小さな空間になっている。

一人ずつ順番にその空間の部分に立ってみた。

「見つけた」美保子さんがハートの形をした石を手にして言った。

信じられない。これで今日二つ目なのだ。どの角度から見てもハート型に見えるハート石だ。

実は、今朝源泉で水汲みをしている時も、ハート石を見つけた美保子さんはそれを嬉しそうに見せてくれた。

もしかしたら、ここにある石は全部ハートの形をしているのかもしれない。

そう思い、水を汲んでいる間中、川底に沈んでいる石の形を見ていた。すると、横からヒデさんが「石を持ち帰ってはいけないんですよ」と言ったので、探さないふりをした。

でも残念なことに、どれも普通の形をしている。茶色、グレー、黒、ミックスそんな渋い色をした石たちは、形もごく普通のものばかりだった。

今日二つもハートの石を拾った美保子さんはどんな人なのだろう。


ハートレイクの上空では、白い雲のショーがわたしたちを楽しませてくれていた。始めは右手の山から大きな人の顔が出てきた。左の山からもよく似た形で逆方向を向いた対照的な雲が出てきたので、向き合っているみたいと思っていると、その二つがゆっくりと近づき、突き出した形の唇同士がキスをした。

しばらくするとその二つの雲はさらに近づき重なり始めた。まるでハグしているようだ。

そのあと今度は一つのハートの形に変わった。ハートレイクでは雲までもがロマンチックなハート形を見せてくれる。

9　量子力学と雲

わたしは、最近勉強し始めた量子力学のことを思い出した。

気とか波動というエネルギーは、電波のようにわたしたちの周りのどこにでも存在している。目に

は見えないが、誰かがそこに意識を向けた時に姿を変えたり、その動きを変えたりすることがある。電子にさえ意思があると言うのだから、雲を作ったり消したり出来るのは量子力学から見ればごく当たり前のことだろう。

でもなぜだろう。この雲がこんなにもロマンチックな映像を見せ、わたしたちを最大限にもてなしてくれている。

雲は、ここで空を見ているわたしたちが無意識のうちに作り上げたものかもしれないし、わたしたちが空を見ていることを知った見えない存在が、わたしたちをもてなすためにプロデュースしてくれたものかもしれない。

わたしはこれまでに、何度となく美しい雲を見せてもらった。

近所の氏神様や旅先で出会う精霊、それは日本だけに限らない。美しい姿で意識をもって現われては、メッセージをくださることもある。また、何かの決意を持っている時、「あなたの想いを受け取りました」といって現われる。

特に旅先では感謝や感動がいつも以上にふくらみ、波動を引き上げる。その高波動の想いが高次元とつながり、精霊や神々を引き寄せるようだ。

もし、今の人生を否定したり当り前だと思っていると、波動は下がり、病気や困難がやってくる。

その時、以前の方が良かったと気づかされることになる。たとえ今に不満があっても、その環境の中で楽しみを見つけ、日々に感謝して味わうことで高波動となり、今以上の現実を引き寄せ始める。目標を上に持つことは良いが、今の現実や環境や自分を非難したり否定したりすることは、逆効果だ。今に感謝しつつ上を目指すことだ。

不平不満は波動を下げるが、感謝の心は明るい未来へとつながる。

その時の感情は、目には見えなくても宇宙まで拡がっているはずだ。

「登ってくれてありがとう」またメッセージが来た。

「全員登らせてくれて、こちらこそありがとうございました」と小さな声で言った。

ここからはみんなで山の裏手を通り、近道をして下りることが出来る。

わたしはもう一度ハートトレイクに下りてお別れを言いたかったが、旅ではいつも一期一会。名残り惜しいが皆に続いた。

神の使いのもてなし、妖精たちのダンス、しゃべる山、雲たちのショー、信じられないような体験ばかりだった。

登りはあんなに大変だったのに下り道はぐんぐん進んだ。誰も息を切らすこともなく早足だった。

三日続けてここを訪れたキノコちゃんにとっても、この日みんなと一緒に体験したハートレイクは忘れられないものになったようだ。

10　七人目の仲間

今日は一日遅れてこのツアーに参加する七人目の仲間がやって来る。

美保子さんが空港まで迎えに行く予定をしていたが、急きょ一番若いキノコちゃんが迎えに行ってくれることになった。

アメリカ在住二十二年のキノコちゃんなら、二日前から現地入りして一人でレンタカーを運転していたので道も知っている。

今朝見えない存在に、みんなの案内をするために二日も前に到着したと伝えられてからこれも皆のためと想ったのか、いつの間にか美保子さんとの間で決まっていた。

小さな空港には数十人、日本人はほとんどいないから直ぐにわかるはずだ。

美保子さんが「若い男性だから直ぐわかるわよ」と言った。

その仲間は中国の上海に住んでいて、この日も上海からやって来る。

そして、到着する今日が誕生日だと聞かされ、みんな興味津々だ。

迎えに行っている間、予定通り五人は、今朝水を汲みに来たシティーパークで二人を待つことにした。

そのあと適当な時間にタクシーを呼び、スーパーで食材を調達して買い物を終えた頃に空港から戻った二人と合流すれば、時間を無駄にしないでみんなで貸別荘まで帰ることが出来る。

昨日はアメリカ全土で皆既日食が見られるということで、大いに沸いていた。地球の電気機器などにも、少なからず影響が出ているようだ。わたしたちが乗った飛行機も、一時間遅れた。美保子さんの家の冷蔵庫と洗濯機は、帰ったら壊れていたという。

キノコちゃんは皆既日食の様子をあのハートレイクで見ていたらしい。

その瞬間は完全に暗くはならず、辺りが急にひんやりしたと言っていた。何組かのカップルは身につけていた衣服全てを取り、その瞬間を楽しんでいたというからアメリカらしい。

11　今を生きる魂

七人目の仲間の乗る飛行機は予定通りとの連絡があった。

レディング空港までは、サンフランシスコから小さな飛行機に乗り継ぎ約一時間。便は一日に一本しか無い。ここは観光地化されていない小さな町なのだ。

昨日、空港でレンタカーを待っている間に出会った男性のことを思い出した。笑顔で「日本からですか」と英語で話し掛けてきた三十代位のシャスタに住む男性は、一見して日本人かと思うほど背格好も顔つきも日本人のようだった。

日本に二週間滞在した帰りだと言っていた。

その青年は「北海道で二週間過ごしたが、日本を知るには短すぎたので移住することに決めた」と満面の笑みで言った。日本では残念なことにあまり輝いている人を見ることが無い。**心の純粋さは顔や全身にその人の持つ雰囲気として現れる。**

生きる楽しさや喜びを持った人はそれが自信となり、さらにその輝きを増していくが、反対に不安や恐怖が大きくなると人生を困難にしてしまう。

想いがその人の人生を左右していることも多い。

こんなに輝いた人が住んでいるシャスタはきっと素晴らしい土地に違いないと、この青年と話をして想った。

土地柄というものがあるが、その土地に住む人たちの意識はその土地の自然や風土と密接につながっ

ていて、知らないうちに土地からの影響を受けていることがある。

もしかしたらこの青年の前世は日本人で、また日本に生まれたかったけれども叶わなかったので、大人になった今、自分の意思で日本に移住することを選んだのかもしれない。

今の時代を選んで生まれる魂には特別な想いがあり、時代の変わり目である今を楽しむために生まれて来ているのかもしれない。

12 クリスタルガイザーの源泉

シャスタのダウンタウンから一、二キロ北上した場所にあるここシティーパークにはサクラメント川の源泉が湧き出している。ミネラルウォーターのクリスタルガイザーが湧き出すとあって人気だ。

水道管を通さない水には自然の美味しさがあり、生きたまま身体に染みわたり、ひと口飲めば健康なわたしでもさらに元気になる気がする。

水は繊細でその波動を身体に伝える。水が変われば身体も変わる。

二十畳ほどあろうかと思われる、岩で囲まれたエリアには小さな滝のように数か所から水が強く流れ落ちている。そのどこからでも汲むことが出来るので、そばにはペットボトルやポリタンクを持った人が数人待っている。

ゆっくりとした水しぶきの中、ボトルの口に水が上手く入るようにコントロールする。出来るだけ濡れないように水を汲み、足場にある岩に上手く足をかけ転ばないように脇の道に戻る。

簡単なようだが岩の大きさはさまざまで、集中していないと汲んだ水の重さに身体のバランスを崩されて川にはまってしまう。先程も一人ふらふらしながら足首まではまってしまった。

でもここは、必要以上に整備されていないところがいい。

わたしたちはもう少し川の上流に行き、小さなペットボトルに水を汲んだ。

そしてその草むらの中にある源泉に、それぞれが持参した石やブレスレットやペンダントをつけている。

茶やグレーの石の上に、それぞれの水晶や色とりどりの石が水浴している。

今朝、ここで美保子さんはハートの形をした石を見つけた。

このツアーの主催者である美保子さんは石が大好きで、世界中どこまでも掘りに行くと聞いた。パワーストーンなどの販売もしている。

シティーパークでは時間がゆっくりと流れていて、のんびりと座っている人やおしゃべりをしている人の姿が目に付く。

13　シティーパーク一周

わたしたち五人は、このシティーパークを一周してみることにした。と言っても、初めてここを訪れたのはわたしだけで、去年も来たみんなはこの公園をすでによく知っている。だからみんなは速足でどんどんと進んで行く。

わたしは周りの全てが珍しくて色々なものに目を奪われてしまう。小さな橋を渡って行くと、そこには物語に出てきそうな風景がある。

小道は一人か二人が横になってやっと歩けるほど狭く、自然のままのびのびと育っている草が生い茂り、道はさらに狭くなっていく。

川には清流でしか生息しない、西洋セリとも呼ばれるクレソンが自生している。

小川のそばの足場のよさそうな所で慎重に水の中に手を伸ばし、クレソンをひと房つかんでその葉っぱをかじってみた。

ほろ苦く、辛みが勝って大人の味だ。とてもいい香りがする。

みんなはその先にあるプラムの木を早く見たいらしく、走るように進んで行く。

「確かこの辺りにプラムの木があったはず。去年来た時は紫色に熟していてたくさん取って食べたわ」舞さんが言う。舞さんとヒデさんとまっさんは去年美保子さんのツアーに参加し、今回が二度目のシャスタだ。

「あった」見ると薄ピンクと黄緑色の梅の実のようなものがたくさんなっている。きれいな実だ。その中で一番濃く色づいたものを一つヒデさんがかじってみた。

「全然だめだ、すっぱい。まだ八月だから、やっぱりあと一か月しないと食べられないね」とひどくがっかりしていた。


少し行くと、黄緑色の実が落ちているのを見つけた。あまりに小さいので何か直ぐにはわからなかった。よく見ると、ピンポン玉ほどの小さな林檎だ。まるでおもちゃのようで、小さな国に来たみたいだ。それを一つ拾って手で拭きかじってみた。やはり青林檎だ。とてもよい香りがしている。少し野生の渋さもあるが甘酸っぱくて美味しい。

疲れていたが、食べると急に元気が出た。みんなは先に行ってしまったので、わたしは食べながら走ってあとを追った。

少し行くと、寝てくださいと言わんばかりの幹が横たわっている木があった。

その横の地面に寝ている人が居たが、その木が「どうぞ寝てください」と言うので気にせずわたしはそっとその木に横たわってみた。

真横に倒れていたので気持ちがよいに違いないと想ったが、実際に横たわると丸くて硬くて背中が反り返り、じっとしていることが出来なかった。

でも何だかとても面白かった。どうりで他のみんなは誰もこの木に横になろうとしないはずだ。

この木の横に寝ている人も、きっと同じことをしてみたに違いない。

この木の精霊は、それを見て笑っているのかもしれない。

二メートルほど横たわった木は、そこから急に上を向いて成長している。

大きな木に触るのは気持ちがいい。

以前、伊勢神宮の大杉からたくさんのエネルギーを戴いたことがある。出雲大社では葉を雨のように降らせて歓迎してもらったこともある。木とは何らかの交流が出来るのでつい触ってみる。

もう少し進むと、今度は大きな木が真っ直ぐに天に向かって生えている。幹周りはみんなで手を繋いで輪になった位の太さだ。みんなが木の周りに座って瞑想し始めた。

いつの間にか全員がこの木の周りにいて、すでに何人かは気持ちよさそうに眠っているようだ。

ここでは誰も「早く行こう」とは言わない。居たいだけいて満足したら足を進める。

少し進むと川に下りやすい場所がある。

みんなは冷たい川の中で我慢大会をしていたが、あまりの冷たさに入っても直ぐに出てしまう。

みんな子供のようにはしゃいだ。

水を汲む公園に面した大きなバンの窓際には、大きな鳥が居る。

真っ赤なオウムだ。長いくちばし、緑色や青色や黄色の羽根。

シティーパークの緑一色の公園では目を引く存在だ。

美保子さんが通りかかって、飼い主の男性と話をしていたのだが、このオウムは、飼い主が誰かと話し始めると決まって機嫌が悪くなるという。

飼い主を一人占めしたいようだ。何というやきもち焼き。

鳥にも愛するという感情がある。では喜怒哀楽はどうだろうか。他の動植物や人間のそれとどう違うのだろうか。

今もすでにオウムの機嫌が悪くなったので話を止めて戻ってきた所だと言うが、そこがまた飼い主にとっては可愛くて仕方がないのだろう。

そう話しているとオウムが飛び立った。

とても速い。

芝生の公園を横切って、数十メートル先にある茂みの高い木が生えている辺りまで一気に飛んで行った。

オウムの寿命は、長いもので百歳を超えるらしい。このオウムは二十四歳というからまだ若い。

大切に飼われているこのオウムは、飼い主よりも長生きをするかもしれない。

公園の真ん中で芝生は少し湿っていたが、上着を敷いて仰向けになると何にも邪魔されない大きな空が視界に拡がった。

のんびりと寝そべり、子供に戻ったように走り回り遊具で遊んだ。

広い芝生の遠くの方でヨガのポーズをとっているすらりとした女性もいる。ここでは、誰もが思い思いに自然を楽しんでいる。

近くで電車の音がするので音のする方向に歩いて行くと、公園のすぐ横に貨物列車が走っていた。

「去年も見たけど長いものは百両編成位あるよ」と言われて車両の数を数え始めたが、五十を過ぎたあたりでやめてしまった。百両もの列車で何を積んで走っているのだろう。

14　ヒッチハイクで聖者に出会う

ハートレイクに三日続けて行ったキノコちゃんがレディング空港に七人目の仲間を迎えに行く間、われわれは公園で過ごし、そのあとタクシーでスーパーまで行き、そこで落ち合う予定をしている。三時間程経ったのでタクシーを呼んだ。しかし、予定していたタクシーは直ぐには来られないという。

すると、ヒデさんが冗談でヒッチハイクをしようと言い出した。先ず一人が車を止めて、そこでオーケーが出たらもう一人出て行って車に乗せてもらおう。

上手くいけばあと三人がぞろぞろと出て行って、最後には全員乗せてもらおうなどと、映画のワンシーンのようなことを言ってみんなで笑った。

みんながわたしに勧めるので頼まれると嫌とは言えず、それに他の手段も思いつかずにいるとまもなく車が一台通った。

取り合えず美保子さんと二人でお願いしてみることにした。

でも女性は三人いるので、上手くいけばもう一人お願いして女性全員を乗せてもらい先ずスーパーまで行く。

スーパーで買い物を終え、レディング空港からの二人と合流したあとで、もう一度ここまでヒデさんとまっさんを迎えに来ることで時間の節約になるという計画だ。


わたしは歩きながら、ヒッチハイクをするにはどの指を立てたらよいのかと考えていたら「親指よ」と美保子さんが言った。

そういえば二十歳の頃、わたしは住んでいたハワイで一度だけヒッチハイクをしたことがある。学校に遅れそうだったのだ。

その時は緊張して親指と小指を出してしまった。それはハングルースといってハワイでは「アロハ」の意味だった。

止まってくれる車に変な人が乗っているかもしれないと思い不安だったが、幸い止まってくれたのは娘を学校に送る母親だった。

その時を思い出し、これからヒッチハイクをすると思うとワクワクした。

美保子さんはわたしを前に押しながら「あの車がUターンして来るからね、ほらこの車」と合図した。

車はちょうどわたしたちの前で止まった。

そこには奥さんと犬が待っていたのだ。

奥さんは腰より長いふわふわの髪を結ばずに風になびかせている。

白髪交じりだが長い髪はピンクに染めていて愛らしい。背の高い優しい雰囲気の女性だ。

ヒッチハイクをしようと想った途端にちょうどよい相手に出会ったので、何も考える間がなかった。が、女性が優しそうだったので英語もスムーズに出てきた。

「すいません。これからスーパーに行かなければならないのですが今車がなくて、わたしたちは五人なんですけど、もし出来たら二人だけでも乗せていただけませんか」緊張しながら一気にしゃべった。

女性は少し考えているようだったが、運転席にいるご主人らしき男性と話していた。

「いいですよ」と直ぐに言ってくれた。

舞さんを見ると心配な表情を浮かべていたので、「出来たらもう一人お願いできませんか」と尋ねた。

車は大きなバンなので乗れると思ったのだ。

するとまた「いいですよ」と言う。

これで女性三人が一緒に買い物出来る。ひと安心しながらヒデさんを見ると、心配そうな子犬のような眼をしていた。

じゃイチかバチか聞いてみるしかないと思い、「あと二人いるのですが」と言ってみる。

女性はなにやら男性と話をしていた。

車のバックドアを開けて乗せてあった自転車を端に寄せた。

その間もベージュ色の大型犬はおとなしく待っている。

「いいですよ」

何ということか、五人全員を乗せてくれるというのだ。

そして、車の中を片付けてくれた。

その間、尺八を手にした現地の人らしき男性が話し掛けてきた。どうやらこの二人の知り合いらしい。

「この車を運転している人は、本当の聖者ですよ」と尺八の男性が言った。

冗談かと思い「え？」と聞き返したが、真面目な顔で「本当の聖者ですよ」と再度言った。

禅や茶の湯に精通した立派な人です、と先程から吹いていた尺八を片手にそう教えてくれた。

この尺八は自身の手作りで、自分で演奏もしているのだ。

こちらで採れる竹の種類のせいなのか日本のものよりも青黒く、太さもあるように思えた。頼みもしないのに早速目の前で吹いて聞かせてくれる。それどころではないがせっかくの好意なので聞かせてもらった。熟練した音色で素晴らしい。

こんな所で尺八が聞けるとは思わなかった。「日本の曲は知らないので、吹く曲は全て創作したものです」と言った。

音楽とは音を楽しむと書くが、この人は手作りの尺八と自作の曲で大いに楽しんでいる様子だ。

白髪交じりのロングヘアーはきちんと束ねてあり、長いひげを蓄えている。身体は細く、そのたたずまいから繊細な感じが伝わって来る。

シャスタの大自然の中で聞く尺八は、不思議な位落ち着いてここの空気に溶け込んでいる。

15　忘己利他

話をしているうちに車の準備が出来た。わたしたちはてっきり後部に犬と一緒に乗るものと思っていたが、どうやら美しい奥さんと愛犬は公園に残り、われわれ全員を送ったあとにまた迎えに戻って来るつもりらしい。

出会ったばかりの厚かましいお願いをする日本人を乗せるために、奥さんと愛犬をここに残して送ってくれると言うのだ。

こんな親切をさらりとしてくださる人が居ることにとても驚いた。

もしわたしが知らない外国人に何かを頼まれたら、自分のことよりも優先して考え、行動することが出来るだろうか。

さっきの男性がこの人のことを「聖人」と呼んだわけが分かった気がした。

車にはシートが四つあるだけで、その後ろには座席は無い。

後部には直に自転車が積まれ、その横に毛布を敷いてまっさんとヒデさんが乗り込んだ。申し訳ないが仕方がない。

美保子さんは助手席で、舞さんとわたしは真ん中のシートに座らせてもらった。フロントガラスの下には十センチ程の黄金の大仏の座像が輝いていることからも、日本好きが窺える。

運転をしてくれているこの男性は、ふっくらとした色白で優しさに溢れた顔をしている。

初めて空港で出会った、日本に移住したいと言っていた若者のように、顔にも全体の雰囲気にも曇りや影が無い。とてもきれいな人だ。

尺八の音色をあとに車は出発した。

スーパーに向かいながら車中では、この数週間後に日本に行く話をしてくれた。日本ではお世話になった茶道の先生に会うと言う。盆栽と茶道を嗜《たしな》んでいて、妻と二人で茶道の本を出していることなど話してくれた。

わたしたち女性三人はこの男性と話をしながら伝わってくる温かさにすっかり魅了されてしまった。

最後に一人ずつ、この聖人と握手をして別れたが、とても柔らかな温かい手から人柄が伝わってきた。

旅先でこのような人に出会える偶然があるだろうか。

シャスタにはすごい人が住んでいる。シャスタがますます好きになった。

「忘己利他」を自然体で出来る人がいるのだ。

この夫婦のような優しさを持った人になりたいと素直に想った。

思考は 言葉になり
言葉は行動になる
行動は習慣になり
習慣は性格になる
そして 性格はいつしか
運命になる
ーマザーテレサ

二章　昨日の出会いから

1　レストラン探し

昨日到着してから「明日は誕生日パーティーをしよう」と、美保子さんが何度か言っていた。今日は、飛行機トラブルのため遅れた七人目の仲間が、上海からやって来る。そして、その仲間の誕生日だ。

昨夜は夕方到着してからレストランを探し回った。日本ならいくらでも食べる所があるが、ここシャスタは普段は人口も少なく、大自然があるばかりだ。

しばらく車を走らせるとレストランがあったので近づいて見たが、すでにクローズの看板が出ていた。

次にピザ屋にたどり着いたが、ちょうど店主らしき人が出てきて、わたしたちの目の前でオープンの看板をクローズに裏返した。まだ七時半だ。

何かの間違いだと思って、慌てて車から下りて聞くと、「今日は皆既日食で町の人口と同じ位の観光客が街に訪れたのでもう準備したものが無い。今から焼いたところで一時間はかかるし、そうすると閉店時間の八時を過ぎてしまう」

「明日来てくれたら焼くから」奥さんと二人で切り盛りしているピザ屋は、今からでは何も出来ないらしい。

わたしたちのあとにも車がやって来るが、儲かって嬉しいというよりはいつものペースを乱されて疲れているといった感じが伝わってくる。

もう一軒ホテルと隣接しているレストランに行ってみるが、さらに混んでいて待ってもいつ席に通されるのかわからないのであきらめた。

日本であれば「あと○分位お待ちいただきます」とか「申し訳ありません」と言われそうだが、まるでお客が待っているのも気づかないような態度で横を何度も通って行く。忙しいことに慣れていないようだ。

シャスタの町は、皆既日食のお祭りでここ数日さまざまなイベントでにぎわっていたらしい。この日がその最終日で、面白そうなので夕食を済ませたら見に行こうと楽しみにしていたのだが、飛行機が一時間遅れたためにまだレストランを探している。

もうすぐ八時になろうとしていた。

夕食は何でもいいからとりあえず先程見つけたスーパーで簡単に何か買って帰り、お祭りに出かけようということになった。

幸いシャスタの夜は八時になってもまだほんのり明るい。

2　貸別荘へ

昨夜シャスタに到着してから、ホテルではなく貸別荘に宿泊している。

わたしは事前に貸別荘に泊まると聞いて、人里離れた所にある山小屋風の建物を想像していた。

これまで大自然の中を走っていて建物らしきものはほとんど目にしていなかったので、車が住宅街の中を走っていることに驚いた。

なぜホテルではなく一戸建ての貸別荘を借りたのだろう。単純にホテルが少ないということなのだろうか。

それに、一軒家の貸別荘で毎日をどのように過ごすのか全く想像がつかなかった。

二人一部屋であることだけはすでに聞いていた。

わたしはどこでもよく眠れる方なので、誰と一緒でも構わないと別段心配もしていなかった。

自炊をするための食材を各自が持参することを知らされていたが、旅先で料理をするそんな余裕があるのかと考えてもいた。

料理をするにしても一度か二度、みんなの親睦を兼ねてするものだろうと思っていた。

でも街で実際に食事する場所を探してみて、日本のように直ぐには見つからないことを知った。

この辺りの道幅は広く、どの家の庭にも大きな木が植えられている。

美保子さんが運転しながら、みんなで別荘の番地を探した。

道路の道幅が広いのと道標もついているので探しやすいようだ。

どれが貸別荘でどれが普通の住宅なのかはわからないが、どの家にも芝生の庭があり、手入れが行き届き、花が植えてある。

まもなく煙突のある二階建ての家に着いた。

芝生のエントランスを通り、扉を開けて家に入ると直ぐに広いソファーセットを置いた部屋がある。玄関用のスペースを入ると、絨毯が敷いてあり、壁に掛けられた大きな絵には、タキシードを着たカエルが傘を持って飛んでいる姿が描かれている。テレビの横には果物の飾りやドライフラワーもある。ワンルームの奥にはダイニングセットとカエルの絵がある。

入り口の外に掲げてあったウェルカムボードのそばには、「カエルの遊び場」と書いてあった。

きっとこの家の持ち主はよほどのカエル好きなのだ。

飾りのついた食器棚にはワイングラスもある。隣室のキッチンにはウェルカムと書かれたメッセージカードと共に白ワインとチョコレートがひと箱置いてある。

一つ一つが暖かく、初めて訪れるわたしたちを迎えてくれる。

3　冷たいシャワー

昨夜は貸別荘についてから、眠くて回らない頭で部屋割りを決めた。日本との時差は十六時間で、こちらは夜だが日本は昼過ぎだ。飛行機でもっと寝ておけばよかったと思った。

ベッドルームは全部で四部屋ある。二階に三部屋、一階に一部屋だ。キッチンからの階段を二階に上がると、まだ使えそうな古い足踏み式のミシンが置いてありインテリアになっている。

二階にはトイレ、シャワールーム付きの主寝室と小さな部屋が二つある。

主寝室は広く、朝日が入る東の部屋でキングサイズの大きなベッドが一つ、真っ白なシーツがかけてあり、ソファーにはリボンを付けたテディベアが二つ置いてある。

あと二つある小さな部屋にはそれぞれ二つずつのシングルベッドがある。一つの部屋には赤の、もう一つの部屋には緑色のタータンチェックの毛布が掛けてあり、部屋のアクセントになっている。

書棚にはたくさんの本が並び、本の合間にはいくつものカエルの人形が置いてあり、部屋全体は子供部屋のような可愛らしさがある。どちらの部屋も昨日までは誰かが住んでいたかのようだ。

われわれ七人の中、男性が三人だがそのうちの一人はまだ到着していない。

来ていきなり一人部屋よりも相部屋がいいということで、二階の部屋をヒデさんと使ってもらうことにした。

一階の寝室はまっさんが一人で使う。

あとは女性四人の部屋割りだが、主寝室のベッドはキングサイズなので二人で使うことになる。

キノコちゃんは「わたしはここで大丈夫」と言ってキングサイズのベッドに飛び乗った。

美保子さんは気を使ってか、「わたしならそこの広いソファーで寝るから気にしないでね。夜仕事もあるし、部屋は皆で使ってね」と言ってくれたが、ソファーではよく眠れるはずがないので美保子さんと舞さんに緑の部屋を使ってもらい、キノコちゃんとわたしは二人で大きなベッドを使うことにした。

ただベッドには大きな掛け布団が一枚掛けてあるだけだ。

それを見たキノコちゃんは大きな毛布と上掛けをさっと離してそれぞれを二重にして折りたたみ、二つの掛け布団に分けてくれた。あっという間だったのでその手際のよさに驚いた。

そのあと、これから四日間過ごす部屋でスーツケースを開いたが、まだゆっくりとはしていられない。

空腹と時差ぼけでぼんやりしているが、夕食は自分たちで用意するのだ。

みんながキッチンに集まり、バスやシャワールームのことやトイレの使い分けを話しながら買って来た冷凍ピザが焼けるのを待った。

ここには冷蔵庫はもちろん、湯沸ポット、コーヒーメーカーもトースターもある。

戸棚や引き出しを全部開けて、ボウルやお皿やカップ、さまざまな大きさの鍋やフライパンなどが一通り揃っていることを確認した。

そして隣の部屋には洗濯機と乾燥機。生活必需品は何でも揃っているようだ。

貸別荘とはこんなにも快適なものなのかと感心しながら、あちこち見て回った。

掃除も行き届いているし、庭では日に何度かスプリンクラーが回り芝生は潤い、ピンクのスイートピーと白いマーガレットが可憐に咲いている。

ホテルとは違い、友だちの家に遊びに来たような安心感がある。

白いフェンスを開けて小さな芝生のスペースを通り、階段を数段上がるとポーチには五、六人がゆったりと座って過ごせるように籐の椅子とクッションがある。

座って外の景色を眺めるのもいい。


簡単な夕食ではあったが、オーブンで焼いたピザはふっくらとしてとても美味しかったし、ビールをグラスに注いで乾杯もした。食器も揃っていたので十分美味しく頂けた。

食後のデザートにアイスクリームも用意したし、非常食として菓子パンやカップ麺も買ってある。


この快適なダイニングルームはピザ屋よりも落ち着いていて、ずっとよかったと思った。

美味しいピザで満たされたあとは、アイスクリームを食べながら自己紹介をした。残念ながらもう出掛けるには遅すぎる。


この日のシャワーには参った。

驚いたことに、ここのお湯は日本のように無限に出るわけではない。

お湯を沸かして給湯器に溜めてあるのだが、使ってしまうと次に使える位の量を補充するまでに時間を要するようだ。

それを知らなかったので、途中からは水しか出なくなってしまった。
翌日からは時間をずらして、極力節約して湯を使った。
食器を洗っていても、水は日本の真冬並みに冷たい。
源泉近くの川の水も冷たかったが、ここの水道水の温度もそれと同じ位冷たい。

一隅を照らす

ー最澄

三章　ツアー二日目

1　散歩と鹿の親子

昨夜は疲れていたせいか、ぐっすりと眠った。そして目を覚ますと六時少し前だった。目覚まし時計をかけても、その少し前に目覚めることがあるが、脳のどこにそんな機能があるのだろう。

そういえば昨夜、明日の朝、目を覚ましたら散歩に行こうとまっさんが言っていた。確か、散歩に行きたい人だけ六時に集合と言ったはずだ。

急いで用意をして外に出るが、皆の姿は無い。

もう出たのかもしれないと思い外を窺っているとまっさんが出てきた。聞くとまだ誰も散歩に出掛けていないらしい。

まっさんの部屋は玄関の横なので、誰かが出掛けたら直ぐにわかる。

誰も来ないようなので、二人で出掛けることにした。

外はまだ暗いが、玄関を開けると澄んだ朝の空気の中でシャスタ山を遠くに見ることができる。

周りの景色や近所の家を眺めながら歩いて行くと、ワンブロック先を右から左に大きな鹿が横切った。

そのあとを少し離れて子鹿が追う。道の両脇には背の高い緑色の木があちこちに生えている。

その鹿を見たまっさんは、「去年来た時は、鹿をひいたと思ったんですよ」と話し始めた。

去年、車を走らせていると、突然飛び出して来た鹿が車にドスンと音を立てて当たったらしい。みんな大惨事だと思って驚いたのだけれど、鹿は何事もなかったように立ち去り、車には毛が数本ついていただけでへこみもないし、奇跡としか思えなかったと話してくれた。きっと守られたのだ。


並木道ではないが、どの家の前にも大きな木が数本ずつ植えてあり、濃い緑色の葉っぱをたわわにつけている。

わたしたちが泊まっている貸別荘の隣家には、玄関ドアの正面に太さ一メートル程の大木がそびえている。

それがちょうどドアの前だったので、これ以上大きく育ったら扉が開かなくなるのではないかと心配した。

ここシャスタの住人なら、そんな場合は木を切るよりも家を改装することを選ぶかもしれない。

ずっと遠くにそびえているシャスタ山が、歩いていると少しだけ近くに見えてきた。

住宅地を抜けると、すでに廃線になっているようにも見える、さびれた線路と踏切のある場所に出てきた。古くて大きな倉庫もある。

あとで調べると、この町はかつて林業で栄え、この辺りは木材を運ぶ鉄道の廃線跡であるらしかった。

朝の空気は気持ちがよく、昨日会ったばかりの人と散歩しているとは思えない程リラックスしていた。

まっさんが居てくれたおかげで、安心して遠くまで足を延ばすことが出来た。

東の空から太陽が昇り始める。

今日の朝日は格別だ。

ここシャスタの空は広く、あちこちに散らばっている雲は黄金に輝いている。

どこまでも続く線路のように、どこまでも広がる草原も朝日を浴びて輝いている。

帰り道では、大きな犬を連れた人に出会った。

近所の家先では、日の出とともに目覚めたらしい老夫婦が花の手入れをしている。

2　心温まる朝食

貸別荘に帰り、二階の部屋に行こうとしてキッチンを通ると、コンロにはすでに味噌汁と白いご飯が炊けているのが透明の蓋を通して見えた。美保子さんと舞さんだ。

朝食の支度を誰かがしてくれている。子供の頃はこれが当たり前の風景だったが、大人になってからは経験していないので改めて嬉しく思った。

キッチンで誰かが料理をしてくれる喜びは、ホテルでは決して味わうことは出来ない。

直ぐに一人ずつ起きてきて、お茶を入れて飲んだり手伝いをしたり自分が出来ることを始める。

今日は「ハートトレイクに行こう」と決まっていたのでお弁当を持参する。昨夜着いたばかりでまだ食材を買っていないので、あるものを使って調理する。

わたしは混ぜご飯をおにぎりにしていく。これは昼ご飯になるらしい。

ラップもある。このキッチンには何でも揃っている。

割りばしだけはなかったが、ヒデさんが日本から多めに持って来てくれたので助かった。

混ぜご飯の具や海苔は、「気が付いたものを持ってきてください」という事前のメールのやり取りでそれぞれが思い思いのものを適当に持参している。

それぞれ持参した食材を、棚にある籠に入れていった。

籠には、高野豆腐や干しいたけやわかめがある。今朝必要な玉ねぎは、美保子さんが持って来てくれた。

味噌汁は、ヒデさんが作っている。何と出汁用の煮干しまで持参しているのには驚いた。

でも、煮える前の鍋に味噌を入れてしまったヒデさんに、「味噌は最後よ」と言う舞さんを見て可笑しくなった。どこに行っても台所では女性が強い。

3　喋る石「あなたを守ります」

出汁をとった味噌汁にそうめんを入れてにゅう麺にして頂いたあと、美保子さんからみんなにプレゼントがあった。

大きな袋の中から一つずつ小さな袋を選ぶと、中には三種類の石が入っていた。

茶色い縞模様の大きな石と、小さな白い石と黒い石の三つだ。

誰の石も大きさは同じ位だが、石の柄や形はそれぞれ異なる。

わたしの白い石には、ヤシの木そっくりの黒い柄が入っている。

絵を描いてあるのかと思ったがそうではなく、細いペンで描いたような柄が石の中に入っているのだ。その柄がヤシの木そっくりとは不思議だった。

まるで以前わたしがハワイに住んでいたことを知っています、というメッセージにも感じられた。もちろんそんなことはここに居る誰も知らない。

「ハワイアンで不思議な石ね」と言いながら他の人の白い石に目をやったが、他のどの石も真っ白だった。


不思議なメッセージを受け取ることが出来る舞さんが、「あ、石が何かを伝えてる」と言った。アパッチティアーズという黒くて光る石からメッセージが入っていると言うのだ。

先ずヒデさんには「いつも笑っていてください」と。

ひでさんは出会ってからずっとおやじギャグでわれわれの気持ちをほぐしてくれているが、「いつもはほとんど笑わない人よ」と、舞さんが教えてくれた。

わたしには「〇〇さんですね」と本名を言い、「あなたの純粋さがよくわかりました。あなたを守ります」と伝えられた。みんなに伝えていない本名でわたしを呼ぶことで、この声の主が舞さんではない存在であることを伝え、安心させたかったのかもしれない。

「あなたを守ります」という言葉は、何よりも嬉しい言葉である。これからも安心して何事にも挑むことが出来る。

わたしはこれまで花や木からのメッセージを受け取ったことがあったが、石から戴く初めてのメッセージだったので、石への親近感がわいてきた。

神社にあるような巨岩やご神体になるような石には意識が宿りメッセージを伝えてくれることがあっても、このように小さな石からメッセージを受け取ることはないと思い込んでいたのだ。

4　旅立つ朝に本が届いた奇跡

車中でヒデさんが、「実はもうすぐ本を出すんですよ。この旅行から帰ったら最終の詰めをして本を書き始めます」と言った。

ヒデさんは、昨夜の自己紹介でも聞いたが治療家である。

こうして旅行に来るのは、三人で土地の癒しをするためで、日本でも色々な場所に行っているという。

特別なことをするわけではなくそこに行くだけで、癒しが出来ていると舞さんは言った。わたしと同じことをしている人がここにいる。そんな人たちに出会えたことがとてもうれしかった。

読書家のヒデさんは、明窓出版の愛読者の会に入っている。その案内からわたしの著書である「なぜ祈りの力で病気が消えるのか？」という本のことを知り興味を持っていたらしい。この本は、想いが原因で病気にもなるし、治すことも出来るということを書いたものだ。ヒデさんは出版社から送られてきたこの本の目次を見て、自分の考え方と似ていたので読みたいと思ったと話してくれた。

その取り寄せた本がヒデさんの家に届いたのは、このツアーに旅立つ朝なのだ。もっと前でもあとでもよいのになぜ初めて会う朝に届いたのだろう。もし既に読み終えていたなら、ここで話題にならなかったかもしれない。ここにも偶然ではない不思議を感じさせてもらい、その流れの鮮やかさに驚かされたのはわたしたち二人だけではない。このことで、これから始まるツアーへの期待がますます高まった。

わたしたちは、よく導かれるという言葉を使うが、導きはいつ始まり、どのようにわたしたちに伝えられるのだろう。見えない存在のいる非物質界では、時間は重要ではないという。誰かが何かの経

験をすることは、もしかしたら数年、数十年、いや数百年の時を超えて準備されることもあるのではないだろうか。

サンフランシスコからレディング空港までの小型飛行機の中でわたしの後方の座席だったヒデさんは、わたしの隣の人と座席を代わり、たくさんの話をしてくれた。少しの時間も惜しいという思いはわたしも同じだった。

ヒデさんは大きな目を見開き、やや厚めの唇から興奮したように話してくれる。わたしたちは情報交換に夢中になった。

ツアーの事前打ち合わせでヒデさんとは何度かメール交換をしたが、何事もとても丁寧に教えてくれる。几帳面な人なのだと感じていたが出会ってみてその通りだった。唇の厚い人は情にも厚いらしいので、ヒデさんもきっと人情味溢れる人なのだと想った。

実は、ヒデさんはわたしが今回のツアーで一番知りたかった情報を、出会って一番に話してくれた。聞かないのにあちらからしてくれたのだ。このことにも驚いた。

5　引き寄せの極意

さまざまなことが人の意識の奥でつながっていて、たとえ気づかなくても、その関係性が近づくように自然の流れの中で導かれていることがある。

わたしはすでに、数十年引き寄せをしている。

最初は偶然が重なるだけだと思っていたが、今ではどれも偶然ではないことを確信している。

これが判ってくると人生が一段と楽しくなる。その方法は難しいことではない。慣れが必要なだけだ。

今起きていることに少しだけ注意を向け、その状況がなぜ起きているのかを注意深く自分に問う。

自分自身を中立な状態に置きながらありのままに受け入れる姿勢があるなら、そのことをしっかりと感じることが出来るはずだ。

もし今生きている現実が映画のワンシーンなら作者の言いたいことは何かを考え、俯瞰することだ。

真の情報はいつでもあなたに語り掛けようとしている。

ほとんどの場合、どんな人も引き寄せをしている。

だが、それが結果に結びつかないのは、途中で挫折してしまっているか、せっかちになりすぎて、やってくるタイミングまで待てないからだ。

それを遮るのはあなた自身の強い自我の心である。
出会いたい人とのつながりが出来、必要のない人との縁は自然と遠のいていく。
そこに偶然はない。それを引き寄せているのも自分なのである。

すべてのことは
必要に応じて
やってくる
おだやかに
ゆったりと
深呼吸する

ごく普通に日々を送っていたわたしが、人とは何かを知りたい、生老病死苦について知りたい、宇宙について知りたい、人の役に立ち、世界や宇宙の役に立ちたい、と想うことでこの人生は大きく変化し、全く想像もつかない方向に舵を取り始めた。

必要に応じて協力者が現れ、学びの内容は常に段階を踏みながら無理なく教えられてきた。

だからこそ今につながっているのだと大いに感謝している。

望みが低いと言われるかもしれないが、生まれてきた最大の目的である魂の成長についての学びは加速しながらもたらされている。

6　神界同時通訳の舞さん

舞さんはごく普通の主婦であるらしい。が、十年程前のある日、メッセージでこの能力を使ってお手伝いをしてほしいと頼まれたという。

何度か断ったが、断りきれずに一つだけ条件を出したのだそうだ。

それが「決して表に出ないこと」だそうだ。名前も顔も出さない約束ならお引き受けしますと言って、今日まで来ていると言う。

舞さんは宇宙の存在の眼鏡にかなった人なのでこの能力をギフトとして与えられ、土地を癒しに回っている。

普段の日はメッセージはほとんど入ってこないそうだが、このツアーに来てからはどんどん入り続けている。やはり必要な情報は必要な時にしか入らないようだ。

またある時、舞さんにメッセージがおり、「ヒデさんは舞さんを助けてあげてください」と言われたそうだ。

それは、いつもヒデさんが舞さんを気にかけている様子を見たら直ぐにわかる。まっさんもそうだ。

舞さんとヒデさんとまっさんの三人は、九年ほど前に治療家養成講座で知り合い、今では一緒にヒーリングの教室もしているらしい。

まっさんは会社員だ。妖精のような心を持ったこの人が会社で揉まれながら仕事をするのは大変ではないのかと思ったが、上手く両立しているようだ。穏やかな顔を見てもわかる。

昨年のツアーでは、まっさんが一人の時に不思議な体験をしたと言う。

夜空の月が徐々に大きくなって自分の方に迫ってきたと言うのだ。

その一瞬の出来事に恐怖心を持ってしまい、今年は宇宙の存在と出会ってみたいが怖くもあるといった気持ちで参加しているようだ。

7　心の変化は身体の変化

わたしたちはいつでも試されている。自分の想い方が人生の舵を取り、よい方にも悪い方にも進んで行く。

でも本当は悪いものなど無い。悪いと思った出来事も、後々そのおかげだったと感謝することもある。

それにそれらの出来事も、実は自分の考え方や行動によって生み出されていることで、偶然ではない。

病気や事故といった、よからぬ出来事も心に何かを気づかせるためのメッセージを含んでいるのだ。

もしその不運と思う出来事のあと、目が覚めたように感謝や思いやりの心が生まれたのなら、それらの不運とも思えた出来事に感謝したい位だ。

どんな人にもただ不幸は起きないし、運の悪い人も存在しない。たとえ今が不幸だと感じても、そのことをきっかけにジャンプする道はいくつも用意されている。


わたし自身さまざまな宇宙の仕組みを知らされてからは、これまで以上に人間について考え、知らされることになった。

舞さんは笑いながら、「五キロ痩せたのよ。そのダイエットの方法まで見えない存在に細かく教えられたわ」と言った。

そして生活の全てにおいて必要なことを、この見えない存在は一つ一つ助言してくれたらしい。もちろんそれをするかしないかは本人次第で強制ではない。

メッセージはいつも柔らかな口調で、「〜してみてはどうですか」といった感じで入るようだ。

わたしの場合は感覚で気づかされることが多い。

大抵の場合、寝ている時などに教えられているようだ。

それは知りたいことを何でも教えてもらえる学校に通っているような感覚だ。

何となくこうしたいと想ったことを選びながら、自然にしていることで想像以上の現実を味わい、十数年のうちに身体も心も大きく変化した。

結果的にわたしも五キロ痩せたのだが、食生活の変化と共に自然に痩せたのだ。

それまで美味しいと感じていたものがそうではなくなり、食生活が変わってから美味しいと感じるものが実は身体にもよいものであったことに気づかされた。これまで持っていた食に関する常識が全く変わってしまった。

味覚や嗜好も自然と変化し、身体によいものしか受け付けなくなった。そして環境までも変えていく。出会う仲間が変わり、いつでも必要なことが必要なだけ起こることを知らされた。

なぜそのようなことが起きるかと言うと、**宇宙のしくみを知り、心が柔軟になることで、途切れていた宇宙エネルギーが自然と身体に入り始める**からだ。

すると心はストレスを追い出し、身体は本来の免疫力を強化しながら、自分の力で健康を取り戻し始める。

さらに元気を取り戻した心は、身体を本来の姿に戻しつつ、心身共に生き生きとし始める。

その結果、それぞれの思う人生を楽しみながら、心ゆくまで人生の課題に取り組むことができるようになる。

今ある問題を解決できないのは、大切な何かにまだ気づいていないからかもしれない。心が納得していないのだ。魂が喜ぶ答えを、自らが納得する方法で気づくことができたら、その問題から卒業することができる。

そして、すでに気づきにより解決した問題は、もう自分の目の前に現われることはない。

8　しあわせになりたい

どんなことにもその理由となる想いが大切である。

結婚したい理由に老後やお金の心配が要らなくなるからといった声を聞くことがあるが、何かに依存し、結果的に利用することになるのなら、そのことから得られる結果はそれ以上にはならない。

自分が送った想いはそのまま自分に返り、誰かをしあわせにしたい、自分を役立てながら生きたいといった想いから出た結果とは、人生の結果は変わってくる。

見えない存在はどこにでもいて、わたしたちはいつも見られている。そして試されている。

たとえ自我が決定付ける方向に進んでも、結局自分自身の中身が伴わなければ引き戻されてしまう。

それは、自分自身の本当の心が導いてくれていることだ。

わたしたちの魂とは高次元と最も近い部分であり、そこに今回の命の心が関わっている。

わたしたちは、生まれる前から見えない存在の協力なしでは何もなしえていないのかもしれない。

わたしたちは生まれる場所を選び、宇宙の神々の恩恵を受けながら生き、常に成長進化している。

後退しているように感じることがあっても、進化の過程のひとこまだ。

見えない存在は神社や聖地だけではなく、どんな所にでも居てわれわれと常に共存しているのだ。

そのことを知れば、今更怖がったり恥ずかしがったりしてももう遅いし、何も隠したり取り繕う必要も無い。

そんな感情を持つ位なら、自分が持つどのような感情が今の行動につながっているのかと自分自身を分析することで、これからの自分が変わるきっかけになる。

想いにより真実は引き寄せられ、それに伴い心身ともに本来の健康に戻っていく。真実を知りたいと思う心がこれまでのベールを一つずつ取り除いてくれる。

9　豊かさは向こうからやって来る

何かに目がくらみ、そちらを優先して生きるようになると、人生は思わぬ方向に傾き始める。

何をするにも、想いというのは大切だ。

誰かをしあわせにしたいとか、誰かのためになりたいと想い行動したことは、望んだ以上の豊かさを双方にもたらす。

それは心の安らぎであり、魂の成長でもある。もちろん衣食住においても不自由は無くなる。

試しに真の成功者を見てみるといい。

ここで言う成功者とは地位、名誉、財産などを持つことではなく、心の豊かさや生きる気力や人生の喜びを持つ者のことだ。

人の生き方は、顔や姿だけでなく立ち居振る舞いや言葉などあらゆる所に現れる。にじみ出るとも言える。

見る目を養うことや視点を変えることで、そのことに気づき始める。心の目も含めて。

どんな時も試され、そして必要なことを教えられるようになる。それは、それぞれの魂の成長にもつながることだ。

どんな人も成長し続ける。あちらの世界にいる霊性の高い存在であっても、それは同じことである。

宇宙の存在の全てが、われわれ地球人や宇宙のあらゆることから学ぶことで成長を続けている。

10　周波数を合わせてチャネリング

「気」を感じたり、必要なことを直感で受けとることがあるが、わたしたちはいつでも周波数であるチャンネルを合わせるようにチャネリングしている。

例えば特定の誰かのことが気にかかると、自然とその人のことを考える。そうすることでその人との意識のつながりが強くなり、考えていることやどういう状態で居るかなどがわかることがある。

それはすでに、周波数を合わせてチャネリングをしているということだ。

虫の知らせでもあるが、その予知力は明るい情報も知らせてくれる。受け取る側の感度が良ければ、感覚や言葉によってメッセージを受け取ることができる。

これは誰もが備え持つ能力の一つであり、人によりその強さの違いがあるだけだ。

今回のツアーで次々とメッセージが送られたのは、その必要があったからと考えられる。それはわたしたちを楽しませるだけでなく、その出来事を伝えることが宇宙の解明につながるからかもしれない。

11　教えてくれたバックドア

それにしても昨日は驚いた。空港から貸別荘に向かう走行中に二度もバックドアが開いていたのだ。

後部座席にいたわたしもキノコちゃんも話に夢中で、開いたことにさえ気づかなかったが、前の座席の人が振り向いた時に見つけてくれたので、途中で車を止めてバックドアを閉めた。しかし、しばらく走っているとまた開いていて、二度も勝手に開いたことにみんな可笑しくて笑ってしまった。結構スピードを出していたが、荷物が落ちなくてよかった。

それはどうやら、出発前に乗ったわたしの車のバックドアと関係があるようだった。出発前に家から駅まで送ってもらった時に、突然車のバックドアが開かなくなったのだ。

出発前、車にスーツケースを乗せて普通に閉めたのだが、駅に着くとどんなに頑張っても開かない。

今までこんなことは一度もなかったし、電車に遅れはしないかと慌ててしまった。

そのあとスーツケースは、何とか後部座席のドアから取り出すことが出来て予定の電車に間に合った。

実はそのことが気がかりで、頭から離れなかったのだ。

その想いが乗っていたレンタカーに伝わり、二度もドアが開いてしまった気がした。

二度目は、降りてこの車のバックドアに話し掛けた。「もう開かないでね」と。それ以来勝手に開くことはなかった。

そのあと帰国して尋ねると、あんなに開かなかったドアが、帰ると直ぐに開いたと知らされた。

わたしがしっかりと意図しなかった為に、わたしの車だけでなく、レンタカーのドアまで開けてしまったようだった。

12　バースデーの買い物

レディング空港にキノコちゃんが七人目のメンバーを迎えに行って帰って来るまでに、買い物を済ます予定だった。

だがタクシーが来なくてヒッチハイクをし、聖人に会うという極めてまれな経験をし、予定より少し遅れてしまった。

まだスーパーの入り口付近にあるケーキコーナーで今夜のバースデーケーキを選んでいるところに、キノコちゃんと赤いシャツの青年がやって来た。

「名前は、中国語読みでさんじーと呼んでください」と言われたが、日本語にするとまるでおじいさんのようで雰囲気に合わないのでさんちゃんと呼ばせてもらうことにした。

外国のスーパーでは珍しい野菜などが並んでいて、ゆっくりと見たいのだが時間もないので、手分けして必要なものを探すことにした。

大きなパックのヨーグルトを買おうと思うが、種類が多すぎて悩んでしまう。

みんなが食べられそうな、出来るだけ普通のものを選んで、次のコーナーに足を進める。

キノコちゃんはビールを選んでいる。わたしは果物、美保子さんは野菜、と女性が力を発揮する。

二十本位が束になった青々としたアスパラが目に入り、美味しそうと思うと直ぐに美保子さんがカートに入れた。玉ねぎ、にんじん、ジャガイモ、レタス、アボカド、卵、パン、スイカ、バナナ、ブドウ、バースデーケーキ、ビール。

「パスタにはニンニクがないとね」と言いながら、次々とカートに入れて行く。

ニンニクを仕上げに入れて、しっかりあと四日分の買い物を終了した。

みんな外食は期待しない方がいいことを、昨日のレストラン探しで感じていた。

買い物の最後に、キノコちゃんが花束を籠に入れた。これでパーティーらしくなった。

13 「シャスタハウス」

美保子さんが何度かまっさんに、パーティーでは「踊ってね。歌もね」と言っていたのでわたしはすっかりまっさんのことをダンスが得意な人だと思っていた。

すらりとした長身で、社交ダンスをしているようにも見える。

どんなダンスなのか興味があったので尋ねると、「何でもいいのよ。みんなで踊るからね」と行って美保子さんが阿波踊りのような恰好をしたので、わたしは勝手に沖縄の人たちが踊るカチャーシーのような踊りを想像した。

舞さんたちが、沖縄にも土地の浄化に行ったと車の中で話していたからだ。


まっさんは、今夜のバースデーボーイを迎えるウェルカムソングとして替え歌を用意していた。

先程のスーパーの茶色い紙袋の裏に歌詞を書いて一枚は壁に貼り、もう一枚はテーブルに置いてある。

みんなが夕食の準備をしている間中落ち着かない様子だったが、やっとそれをお披露目する時が来た。

昨夜はこのパーティーのことが気になって、よく眠れなかったようだ。

主役のさんちゃんにはダイニングテーブルの真ん中に座ってもらい、全員が立ってまっさんのダンスに続いて踊る。

歌はＣＭの〇〇ハウスの替え歌で「シャスタハウス」

始まってみると阿波踊りでも社交ダンスでもない、何だか幼稚園のお遊戯のようだ。そうだ、まっさんは妖精が見える人だった。そう思うと妖精の心を持つ人が、妖精の心でお遊戯を踊っているようにも感じられる。

さんちゃん以外の全員がテーブルを囲んでそれを真似して踊っているが、まっさんは歌詞に気を取られ始めて踊りは少し変な感じになっている。きっと真面目な人に違いない。一生懸命に使命を果たそうという気持ちが伝わってくる。

歌詞はよく覚えていないが、シャスタハウスにようこそといった内容だったと思う。

「さんちゃんは初めから終わりまで目が点になっていて、まっさんをじっと見たままだったわ」と舞さんは笑っていた。確かにさんちゃんの顔は驚きで一杯だった。

さきほど出会ったばかりの人たちに、こんなもてなし方をされてどう思ったのだろう。

でも、どんな形であれ誕生日を祝ってもらえるのは嬉しいに違いない。

それにこれほど奇抜な、旅先で迎える誕生日は一生忘れられない想い出になったはずだ。

今日は七人が揃ってテーブルを囲んだ。

テーブルにはとてもよい香りの料理が並ぶ。メインはニンニクの効いたパスタイタリアン。ソースには美保子さん絶賛のカマンベール風のチーズ味だ。たっぷりのアスパラと、玉ねぎもよく炒めてある。

ただ一つ、わたしたちは大切なものを買い忘れてしまった。主役であるパスタだ。でもここは柔軟にそうめんで代用することにした。これから何度もそうめんが登場するのだが、きっとこの時のために、わたしたちは事前メールのやり取りの中でそうめんのことを意識させられたのだ。

サラダは、何種類もの野菜を大きなボウルに入れてドレッシングと混ぜ合わせた、キノコちゃんのオリジナルだ。

以前にこの貸別荘を使った人たちが、残った調味料などをそのまま置いていったらしく、十数種のスパイスやビネガーその他の調味料もほとんど揃っているので、凝った料理でも十分作れそうだ。

今日は、キノコちゃんが選んだ地元の黒ビールで乾杯をする。みんなあまり飲まないようだが、乾杯用に二本用意してある。

日本ではよく冷やしたビールが定番だが、キノコちゃんは冷たいビールが苦手なのか、ビールが冷蔵庫にしまわれると直ぐに取り出して棚に移動していた。これも習慣の違いかもしれないが、こんなことを目にするのも貸別荘ならではのことだ。

食事が終わると、全員揃っての自己紹介が始まった。昨日は疲れていたこともあって三人だけで終わってしまったが、今日は全員が自己紹介をした。

あとで気づいたのだが、誰も家族構成や趣味や仕事の話といった普通の自己紹介はしなかった。

それよりも自分がどのような特性を持っているのか、それから何をしているのか、そんなことがメインだった。これから一緒に過ごすうちに、必要なことは知らされるだろうと思い、わたしも簡単に自己紹介をした。

14 マジカルツアーに申し込み

どのようにしてこのツアーに参加したのかという件《くだり》も面白い。

去年セドナツアーに参加した舞さん、まっさん、ヒデさんは話せる人、見える人、エネルギーを使う人たちで、この三人が「マジカルなツアー」を美保子さんにリクエストして実現したという。

わたしも「マジカル」という部分に興味を持ち参加したくなったのだ。

前回は、舞さんが「シャスタが面白そう」とひと言漏らしたのを聞いたヒデさんが、舞さんはシャスタに行きたいものと思い込み、ヒデさんがシャスタツアーを探したそうだ。これを直感と呼ぶか早合点と呼ぶかはとらえ方次第なのだ。

舞さんをこの世でお守りするというお役目もあるヒデさんには、あちらからのエネルギーも十分に降りている人のようだ。

舞さんは、あちらの存在に「姫」と呼ばれているらしい。

舞さん本人はお役目をする人のことをそう呼ぶのよ、と言っていたが、わたしの想像では舞さんは地球に来る前にどこかの星の姫であり、現在交信している存在もその時から姫と呼んでいたようでもある。

守護霊の他に指導霊がついている場合もあるが、このような形で存在することもあるようだ。

舞さんは、「わたしには、いつもはそのような非物質界の存在が数人いて交信をしている」と言っていた。

さんちゃんは、美保子さんがツアーを告知したその日に直ぐ募集を見つけ、参加を決めた決断力も行動力もある青年である。上海に住み、現地の女性と結婚している。

年齢よりも若く見えるが、シャスタに到着したこの日が四十四歳の誕生日だ。

トライアスロンにも参加したことがあり、小麦色の肌で元気が溢れ出ている。

ヒデさんも学生時代、俊足で短距離選手だったと聞いた。

キノコちゃんは子供の頃マッシュルームカットをしていたのでそのままニックネームになったらしい。

二十二年もの間、ニューヨークで生活をしていたとはあまり感じられない。メンバーの中では一番若く、化粧っけはない。

以前、美保子さんのツアーに参加したつながりから今回もこのツアーに参加しないかと案内があったが、どうしようかと考えている間に申し込みが閉め切られてしまい、参加を決めたのは締め切り後だったという。

わたしもこの募集要項の若干名募集という文字を見て、定員は無いのかなと不思議に思っていた。

来るべき人、呼ばれた人しか集まらないことを予測しての募集だったようだ。**成り行きに任せているようでいて、実はさまざまなことがなるべくしてなっている。**

この広い地球上で信じられない程の出会いがあるのは、見えない糸のおかげなのだ。ここで出会った七人もそのことを感じている。

美保子さんは石が大好きで、ある時は何もかも忘れ、自分の身長位の深さまでも掘りだした人らしい。女性らしい反面、男性的なたくましさもある。

源泉とハートレイクで二つのハートの石を見つけたことからも、石を引き寄せる能力はピカイチのようだ。

これまでアメリカに住んでいたのは、セドナのアメリカインディアン、ホピ族の酋長とのご縁だという。にじみ出るその雰囲気からは、どんなものにも動じない大地の強さのようなものが感じられる。

こうしたツアーでみんなを引き合わせ、それぞれを結ぶことがお役目でもあるようだ。

ガイドではあるが、わたしたちを案内しながら共に何かを感じ一緒に楽しんでいる、主催者でありながらメンバーの一員でもあるようだ。

わたしのことは、てるさんとみんなが呼んでくれる。

こう呼ばれるのは初めてなのだが、今回はそう呼ばれたいと思っていたらヒデさんが「『てるさん』でいいですか」と言ってくれたのでそう決まった。

ここでも以心伝心している。初めて呼ばれる名前にしばらくは他人事のようだったが、それもまた面白かった。

15　無数の赤い糸

わたしは以前、瀬戸内海のある島に行き、海岸沿いに落ちていた松ぼっくりを拾った。「嬉しい。持って帰ろう」と思い拾うと、上の山からもう一つ落ちてきた。拾うとまた一つ。上は山で誰もいないはずなのに、まるで誰かが投げながら私の様子を見ているようだ。両手に一杯かかえ、「どうしよう。これ以上は持てない」と思った時に、今度はカラスウリの橙色の実が落ちてきて「最後のプレゼント」と言われ、笑わせてもらったことがある。精霊からか神様からか未だにわからないが、以前そんな話をお茶会でしたことを思い出した。

その話を覚えていた知人が、わたしに連絡を取ろうか迷っていた時、「突然目の前に松ぼっくりが落ちてきて不思議でした。周りには一つも落ちていなかったのに」と言って、連絡をくれたことがある。

不思議な出来事は、わたしの周りでも度々起こり、楽しませてもらっている。

この世界は、わたしたちの想像以上に不可思議なのだ。

驚いたことにヒデさんは、わたしの著書をすでに持っていた。

それに会った途端にわたしが最も知りたかった情報を教えてくれた。こんなにスムーズにいくとは、まさに運命の糸がつながった状態だ。

だが、わたしの周りではこのようなことは度々起きるので、すでに無数の運命の糸があることをわたしは知っている。

ただ、今回の出会いは、何かに引き寄せられた特別な意味のあることだと直ぐに感じた。

それが何なのか早く知りたいと思った。

16　「神さまツアー」

このツアーは初めての土地を観光して歴史や背景を知り、珍しいものを食べて感動するといった一般的なツアーとは大いに異なる。

それぞれが肌で感じ、みんなで創り出していく、何が起きるかもわからないマジカルでミステリアスなツアーだ。

自然や精霊たちも巻き込み、神々や宇宙の存在たちさえ加わってくださる。

皆が一つになって感じ体験する「神さまツアー」なのだ。

いよいよバースデーケーキの登場だ。白いクリームで飾られ、真ん中には「ハッピーバースデー」と書かれたデコレーションが乗っている。

中は卵色のしっかりとした生地のスポンジケーキで、日本のものよりも甘さが勝っている。

食器はたくさん備え付けてあるので、ちょうどよい大きさのお皿に載せて美味しそうに盛り付ける。

メープル風味の紅茶のティーバッグを、二杯分は入る大きなマグカップに入れて、シャスタのお湯を注ぐ。

今日は早朝から散歩、レイク登山、公園、ヒッチハイク、買い物、食事の支度、バースデーパーティーと盛りだくさんの一日だった。

17　偶然なき出版

わたしは昨年の春から、一作目の本を書き始めた。

これまで知った偶然なく起きている世の中の不思議や、意識と病気の関係、祈りと想いなどについてまとめていたが、ある程度書き上げた所でどこかの出版社から本にしてもらおうと考えていた。

どうしたら出版出来るのかわからなかったが、「何とかなる」そんな気がしていた。

なぜかというと見えない存在から「大丈夫、安心して書きなさい」と言われていたからだ。

挫折しかけて、わたしの勘違いかもしれないと思ったこともあったが、書くことは楽しかった。だから机に向かい書いている間は時間を忘れた。もし出版できなくても、何らかの形で皆に読んでもらえたらそれでいいと思っていた。

わたしは、昨年行ったセドナ旅行で、ホピ族というアメリカインディアンの部族がいることを知った。

ホピ族という名前はどこかで耳にしたことを思い出し、セドナから帰って本棚を見ていると今回の旅の主催者である美保子さんの著書「宇宙心」という本が出てきたのでパラパラとめくると、そこにホピ族のことが書かれていた。

その時はそれだけで終わり、その本はまた直ぐ本棚にしまっておいた。

原稿をある程度書き終えて、どこの出版社から出してもらおうかと考えた時に、本棚を見ると数か月前に見た「宇宙心」が一番近くにあったので開いてみた。

すると中に、「本を書きませんか」という折り込みが入っていた。

その隣にあった本も数冊開いてみたが、どの本にも「本を書きませんか」といったことは書いてなかったので、その折り込みの入っていた明窓出版に早速電話をしてみたのである。

すると直ぐに話が進み、幸運なことに出版が決まった。

18　不思議なつながり

出版記念のお茶会も終わり、もう編集長とお話をする機会も遠のくと想った時に、これまで気になっていた美保子さんのことを尋ねてみた。

編集長は、電話口で直ぐに美保子さんの活動を調べ、ツアーをしていることを教えてくれた。

それでこのツアーのことを知ったのだ。もし違う時期に尋ねていたら、ツアーには参加していない。

見ると「マジカルなツアー」「見える人、聞こえる人、エネルギーを使う人、昨年も参加した不思議なギフトを持つ三人も参加予定」と書いてあった。

そして、きれいな光の写真があった。

あと若干名募集とあり、直ぐに「これだ」と思った。

美保子さんと、そしてこの不思議なギフトを持つ三人と是非会ってみたいと思った。

十年以上も前に一度行ってみたいと思っていたシャスタ。

その土地に行くだけでも心ときめくのに、そのメンバーが不思議な人たちならなおさら素晴らしい。是非参加したいと思った。

四章　ツアー三日目

1　松ぼっくりとエビフライ

日の出は六時過ぎなので、今日は少し前に集まって散歩に出掛けた。舞さん、ヒデさん、さんちゃん、まっさん、わたしの五人だ。

昨日も通った道を歩く。広い大きな道路は貸別荘の前からシャスタ山に向かっており、引き寄せられるように足がそちらに向かう。昨日行った線路の辺りには、巨大な松ぼっくりがたくさん落ちていた。

ここの松は、盆栽や庭園で見られるように形よくうねることはなく、真っ直ぐに上を向いて育っている。

木も大きいがその実である松ぼっくりもさらに大きく、手の平以上のものがほとんどだ。若い松の実は緑色をしていて柔らかく、なぜか人の頭の真ん中にある松果体に形が似ている。それが程よく油分を含み、つやつやした松ぼっくりになるのだ。

山道を歩いていると、そのかさの先だけが残ったものをよく見かける。その姿はエビフライにそっくりで、面白いほどたくさん落ちている。

なぜかと言うと、この辺りのリスはまだ若くて柔らかい松ぼっくりのかさをはがして中にある種を食べ、種が無い先の細い部分だけを残すので、その部分がエビの尻尾のようで色も形も見事なエビフライに見えるのだ。

2 「楽しそうです」

今日初めてのメッセージが入った。

舞さんが「『初めて出会った五人が仲よく楽しそうにしていて嬉しいです』だって」と笑いながら言った。

メッセージを聞いて、見られていたことに少し驚いたが、見えない存在も一緒の方が楽しいし心強いと直ぐに想った。

「道の奥に入ってみてはどうですか」と言われたので、背の高い草むらから少し入ってみると辺りはまるで広場のようになっている。

ここからは朝焼けの空を広く見渡すことが出来る。見えない存在は、こんな場所にも案内してくれるのだ。

空はピンクから黄金に変わろうとしている。もうじき太陽が顔を出す。

上海から来たさんちゃんが言った。「中国では青空が見えないんですよ」

日本にいたらそんなことすらわからない。いつでも青い空を見ることが出来るわたしたち日本人はしあわせだと思った。

広い大地を踏みしめながら、みんなで深呼吸した。

今朝もまたシティーパークに水を汲みに来た。

わたしは毎日水を汲みに来るとは知らなかったので、昨日すでに持参した三つのペットボトルにお土産用の水を汲んでいた。

比叡山の水を持って来たようにシャスタの水を持ち帰り、近所にある神社などに聖水としてお分けする予定だ。

源泉ではまたみんながそれぞれ持ってきた石を水につけているが、今日はさんちゃんも加わっている。

美保子さんは大きな石が付いたネックレスをいくつか、他の人は昨日美保子さんから戴いた石と、日本から持参した水晶や数珠になったものなど、さまざまな色の石を袋から出しては水につけている。わたしは、石は重いので部屋に置いて来てしまった。

それぞれに想い入れがある石に違いない。源泉につけて嬉しそうに見守っている。

3　天国の草原パンサーメドーズ

標高約二千メートル、シャスタ山の中腹にある入り口から岩や石の多い砂利道をしばらく進んで行く。

歩き始めてからしばらくは足場の悪い道が続いた。道は狭いので、譲り合いながら進む。石や水たまりを避けて通るため、踏み外さないように下ばかり見ていたわたしはあまり景色を楽しめなかった。

でも、四人はすでに訪れたことがあるためか、この先にある天国のような場所が待ちきれないのかとても足早に進んで行く。

やっと緑の多い草原が顔を出した。

丘陵地帯にはさまざまな種類の高山植物が生えている。見渡す限り緑の草原だ。

ここに咲く赤や黄色の花たちは、水の恩恵により生き生きとしている。どれも珍しい花ばかりだ。中には一度枯れてしまうと元の姿に戻るまで三百年はかかると言われる植物もあるそうだ。

流れ出た雪解け水が沢になっている場所が数か所ある。

ここの沢はこれまでに見たどこよりも美しく感じられる。遠くからでも、川底にある石の形や柄までくっきりと見ることが出来るのは、水が透明に澄んでいるせいでもあるが、もちろんそれだけではない。**土地のエネルギーが違う。**

それにわれわれの喜びの感情が加わって、この風景をさらに美しく見せてくれる。

少し先に二羽の蝶が飛んでいる。見ていると、七人全員が揃うまでひらひらと飛びながら同じ場所にいる。

「わたしたちを歓迎してくれている。ほら待っていてくれたでしょう」舞さんが言う。

ここはシャスタでも最も神聖な場所と言われ、年に一度のネイティブアメリカンの山開きの儀式も行われているらしい。

目の前にどこからかハチドリが飛んできた。本物のハチドリだ。花の蜜を吸う細長いくちばしが愛らしい。目の前できれいにホバリングしてその美しい羽根を十分に見せてくれた。まるで夢の世界にいるようだ。


どの位歩いたかわからないが、うっとりとしている間に源泉に着いていた。

源泉の周りは石積みで丸く囲ってあり、囲いの真ん中から土が揺れてゆっくりと波紋が拡がり源泉が湧き出ていることがわかる。

そばには、座るのにちょうどよい大きさの岩が点々とあり、何人かはお気に入りの岩を見つけて、ずいぶん長い時間座っている。瞑想をしている人もいる。

われわれは休憩している間持って来た石を取り出し、シャスタの源泉と輝く太陽の下で浄化している。

時々裸足の人がいる。さんちゃんが裸足になったのでわたしも靴を脱いで裸足になり、大地を直に味わうことにした。

土は真っ黒く足の指が泥だらけになったが、この大地を足裏から感じている。それに初めて裸足で歩く泥道は、何とも気持ちよく新鮮だった。何だか急に自分がたくましくなったような気がした。

個人差はあるが、わたしたち人間は女性的、男性的のどちらかに強く偏ると、チャクラがうまく機能しないことがある。

何事にもバランスが大切だ。

普通大きなチャクラは身体に七つあると言われているが、運動不足や感情の乱れによってその機能が衰えたり、閉じてしまうことがある。

目に見えないが、身体の調子がよくないと感じる時は、何らかの原因により、チャクラから入ってくるべき宇宙エネルギーがうまく受け入れられていないことがある。

精神的ショックや不安や恐怖心がその原因になり、一瞬にして閉じることもある。

それらの機能を回復するには、適度な運動をし、心と身体のバランスを取ることだ。

下り始めてしばらくすると、ヒデさんが慌てている。何度か石を沢の水につけているうちに、浄化に使っていた大切な石の一つを置き忘れてしまったようだ。

そのことに気が付いて探しに戻ろうとするヒデさんに、「その石は、もうお役目が終わったのね」と美保子さんが言った。


今朝玄関を出る時に、キノコちゃんは忘れものを取りに行った。

みんなは景色を眺めたり、入り口のベンチに座ったりのんびりとして待っている。このツアーでは誰もせかしたり、不平を言ったりしない。心にも思わない。

何が起きてもそれを必然と受け止める、平常心でいられる人たちなのだ。

キノコちゃんが何度も言った。

「どうしてみんなそんなに緩いの～。すごく居心地がいい」

若い人たちはよく急いでいる。迷惑をかけないように、遅れないように頑張って生きている。いつも時間が足りないためにそれは次第にエスカレートしていき、自分が自分に厳しくなっていく。そのために神経が緊張して休まらないことがある。

でも時には多少遅れても失敗しても、「その必要があったのだ」と考える余裕を持つことも必要だ。

たとえ電車が一本遅れても、信号が赤でもそのことで次に起きることとのタイミングを計っているのだと考えたらどうだろう。そのように考え始めると本当にそうなり、何事もよい方に向かっていくのだ。

また、心優しい人は、自分のことよりも他人のことを優先してしまう傾向があるが、自分のことをないがしろにしてはいけない。自分も他人同様に大切な存在だからだ。

自らの心の声に向き合うことで、いつも元気でいることができる。

4　一日遅れのおわび

昨日さんちゃんは、飛行機トラブルのためみんなより一日遅れてやって来た。このことにも意味があったようだ。

そのことを「一日遅れたおわびにビジネスクラスに変えました」と、見えない存在から舞さんに届いたメッセージで知ることが出来た。

さんちゃんが持っていたのは上海からサンフランシスコまでのエコノミークラスの航空券だったが、ダブルブッキングということでビジネスクラスに変更されていた。

飛び立つのを待ちながら機内で映画を見ていたが、アナウンスでこの日は飛ばないことを告げられ、今日再度ビジネスクラスでサンフランシスコに向かったと言う。

ということは、見えない存在は昨日さんちゃんが搭乗する前から、この飛行機はこの日飛ばないことがわかっていたことになる。

ダブルブッキングになったのではなく、そうしてくれた上で、ビジネスクラスに変更してくれたということではないのか。

5　シャスタ登山

天国の草原パンサーメドーズの余韻が消えないまま、わたしたちは車で数十分走った。目の前に大きくそびえるシャスタ山は、少し紺色っぽく目に映る。

昨年行ったセドナの山は鉄分を含んだ赤色でこんもりとしていたが、ここシャスタ山は何ともエレガントな表情を見せてくれる。

山のひだには雪がたっぷりと残っていて、その白さと紺色の山とのコントラストが映える。

わたしたちは、シャスタ山五合目にあるバニーフラットという登り口に着いた。

これからシャスタ山を望みつつ岩場の山道を登って行く。

6　ハート石と「探し物は何ですか」

わたしは初日からずっとハート石にこだわっていた。

なぜ美保子さんは二つもハート石を見つけることが出来たのだろう。

不思議に思い美保子さんに聞いてみた。

すると「探し物は何ですか～見つけにくいものですか～」と突然美保子さんが歌い出した。

そして「探すのを止めた時に見つかるのよ」と言ったのでふと我に返り、「その通りだ。もうやめよう。見つかっていいならとっくに見つかっている」と思った。

そして少し歩いて何気なく下を見ると、なにやらピンク色のものがある。ピンク色の石だ。一つだけ目立っている。

この辺りのどこにもピンクの石は無い。どこからやってきたのだろう。

「嘘でしょ…」と思い、拾い上げるとその石は丸くこんもりとした可愛いハート型をしている。ピンク色のハートの石をプレゼントしてくれたのだ。あまりにも出来過ぎているこの展開に驚きながらも、精霊たちや神々やシャスタの全てに感謝した。

長い間ハート石を探し続け、じらされた分だけ喜びも大きかった。

それだけではない。美保子さんのハート石は力強くどっしりとしていたが、わたしのハート石は丸い曲線が可愛らしいピンク色だ。

もしかしたらピンクのハート石の方がわたしが喜ぶことを知って、わざわざ選んでプレゼントしてくれたのかもしれない。

探すのを止めた直ぐ後だったことも可笑しかった。

探し物は探すのを止めた時に見つかることがある。知りたいことでもこだわりが強いうちは知らされずに、「まあいいか」と手放した時にやって来ることがある。

大切な願いごとでさえ、いつまでも自我の心で強く望むよりも、もう十分願ったなら「なるようになる」と開き直った方が現実化しやすいのだ。ここシャスタでは、宇宙の法則や心の在り方を素早い展開で教えてくれるようだ。

十分努力したなら
あとは
なるようになる
結果は
任せるしかない

7　消えた帽子

三人を見ていると、とても丁寧に神々に挨拶をしている。わたしはと言うと、心の中で簡単に名乗ってから挨拶をし、ご縁に感謝の言葉を述べる。人によって祈り方の習慣は違うと思うが、気持ちが一番大切で形はその次だと思っている。ある時、舞さんが「帽子を取って、入らせていただくお願いをしてから入ってくださいね」と教えてくれた。

ここでも日本でも同じようにしているが、舞さんはわたしが心の中で祈っていることを知らなかったので教えてくれたのだ。

ふと横に居た美保子さんが帽子を被ったままだったので、つい「いいの？」と聞いてしまった。アメリカとは習慣も違うので、ここでは帽子を脱がなくてもよいのかと思ったのだ。

それに、欧米では女性は目上の人に会う時でも大抵は帽子を被ったままで構わないというので、神様の前でもそうなのだろうかと思った。

もしも頭の上に何かがあることが失礼にあたるなら、カツラを付けている人はどうなるのか、神々の意見も聞いてみたい気がする。

「美保子さんは帽子を取らなくてもいいの？」と聞くと、舞さんは少しそちらに目をやり、「まあね」と言ったように感じた。

その翌日から美保子さんは、「帽子が見つからないのよね」と言って、スカーフを目深に被っていた。

わたしは、いつかカバンの隅からでも出てくることを祈った。

8　セージでお祓い

シャスタ登山口は先程の草原とは違い、白っぽい石や砂で覆われている。草花は所々にあるだけだ。

そのバニーフラットから少し歩き出した所で、美保子さんがちょっと待ってと言ってみんなで輪になった。

日本ではよく山のふもとの神社でお祓いをしてから登るのだが、そのような場所が無いのでどこでお祓いしてよいのかわからない。

「この辺で」と美保子さんたちが言う所で立ち止まり、みんなで輪になった。

適当に輪になると、「男性と女性が交互の方がよいから」と言われ並び替えた。

美保子さんが取り出した白いセージの束にマッチで火を付けた。

セージの束は親指と人差し指で輪を作った位の太さがあり、よい香りと共にゆっくりと白い煙が上がる。その煙を一人ずつの頭や身体全体にかけていく。

これがインディアン流なのかもしれない。

セージはスパイスに使う日本のものとは異なり、エーデルワイスのように白くて柔らかい。細い茎にはとても小さなつぼみのような花が無数についている。それを束ねて綿糸でしっかりと全体を巻いてある。

セージのお祓いが終わると、今度はキノコちゃんが日本の火打石を出して、「いいですか」と聞いた。日本から持って来ていたのだ。

輪になったみんなの真ん中で二つの石を打ち付けると、火花がきれいに飛んだ。

すぐそばにある一メートルほどの岩に目をやると、青い鳥が留まっている。青い鳥を見るのは今日が二度目だ。わたしは以前見た時のことを想い出した。

わたしは以前、山の中でケガをした時に青い鳥に助けられたことがある。

ケガをして落ち込んでいると、「心配しないで。直ぐ治るから」と言われた。その後、不思議なことに傷跡も残らなかった。

岩の大きさといい、鳥の姿といい以前見たシーンとそっくりだ。同じ岩ではないかと思う程だ。

気づくとその時と同じシャツを着ていたので、さらに不思議な気がした。

この辺には大きな木もないので、わざわざ遠くから来てくれたのかもしれない。みんなが青い鳥を見て、「この鳥もお使いね」と言った。

ここからは自由散策だ。

標高四千三百十七メートルのシャスタ山頂が見える。少しばかり登っても頂上は近づかないが、見下ろすとさっきまでいた登り口にあるベンチはすでに米粒のように小さくなっていた。さんちゃんはいつもはわたしたちと歩くペースを合わせてくれていたが、ここでは一人でぐんぐん進みすでに見えなくなっている。

巨大な岩がたくさんあるが、砕けた石や砂地の合間からはたくさんの高山植物が生えている。見たこともない珍しい草花が元気に咲き誇っている。ひざ丈ほどの低木は濃い緑色の葉をつけ、美しい枝をうねらしている。冬にはこの辺り全体が雪で覆われてしまうのだ。

しばらく登ると、みんなは思い思いの岩の上で休憩し始めた。日陰はなく、太陽が強く降り注いでいる。

9　はなれない蝶

やはり大きな岩の上が気持ちよさそうなので、わたしも畳二枚分ほどもある大きな岩の上に一人で座ってみた。

太陽をしっかり浴びた岩からの温もりが伝わり直ぐに心地よくなったが、いったん横になると眠ってしまいそうなので、横にはならずにしばらく座っていることにした。

わたしは子供の頃よく虫たちと遊んでいたが、十歳を越える頃から急に虫嫌いになった。そしてそのあとずっと避けてきた。

でもある時から、虫たちの命も同じ命であると感じるようになった。

それからは、家の中に迷い込んだ虫はわたしの目の前に現れ、「外に出して」と伝えてくる。他の誰かに見つかった時は捕まらないように逃げ回るのに。虫はわたしが助けて外に出してあげることを知っている。

そのことを家族に話すと、いつの間にかわたしの家族も同じように振る舞うので、虫たちは家人の前にやってきては、やはり「出して」と言う。

先程からオレンジ色の蝶が、目の前の石の上にずっととまっている。

もしかしたら、この蝶もわたしを見ていてわたしの心の声を感じているのかもしれない。

虫たちは、わたしたち人間を進化させるために、さまざまなことを教えてくれている。人も動植物も、全ての種が共生している。教えられるチャンスはいくらでもあるのに、わたしたちは見たいものしか見ていない。

もしかしたら宇宙からこちらを見た時、わたしが蝶を見ているように、あちらからわたしたち人間を面白く見ているかもしれない。

非物質界の存在は光であって、わたしたちのような身体を持っていない。身体は言わば地球での洋服と言えるかもしれない。

ただ、この洋服である身体は成長もするし傷つきもする。使いこなすのは大変だが、大切に扱えば百年以上はもつように出来ているらしい。

身体があればこその心なのだ。

わたしたちは、ほとんど見たいものしか見ていないし、聞きたい言葉しか聞いていない。情報は平等にあるのに、何を見て、聞いて、行動するかは自分で選んでいるようだ。

いつの間にか、心は自分の都合のいいようにしか反応しなくなり、大切なものを見失ってしまうのはその為だ。

魂は本当はそのスイッチを切り替えて、本来の自分に戻りたいのだ。そこに気づかせる為に病気や困難に遭遇することになる。

急な斜面が続くので、砂地で滑らないように気を付けながら歩く。いわゆる登山道はなく、岩や群生した低木や草花を避けて好きな所を歩いて行く。

仲間の何人かが遠くの方に小さく見えている。

シャスタには源泉が数か所あるらしく、そこに集まっている外国人らしき人たちが話している。

石で囲んである源泉からは、ちょろちょろと水が流れ、片手ですくって口に運ぶと、冷たくて美味しい。

登り口まで戻って来ると、日焼けしたのか少し赤い顔をしたキノコちゃんが先程お祓いに使ったセージの束をみんなに見せた。歩いている間ずっと手に持っていたようだ。

見ると手の平の長さほどあった束はゆっくりと燃えて、やっと手に持てるところだけを残していた。

10　優しいお嬢さん

「ほら、去年来た所」町中に入り土産物屋や衣料品店などが数軒並ぶ通りで、目印のようなガソリンスタンドを見つけると思い出したように何人かが言った。

「この辺の店は去年見たけどあまりいいものは無かったわ」舞さんが言う。

セルフレストランだという店に入ると、入り口付近ではスーパーのように日用品なども売っていて、先程お祓いに使ったセージの束も無造作に吊り下げられていた。日本の線香のような感覚かもしれない。

店の奥では食事のオーダーができ、隣のコーナーで食べることが出来る。

もうすでに三時を過ぎているが、幸いまだ開いている。

みんなでシェアすることにして、キノコちゃんがオーダーし、舞さんがスーパーから手際よく巻き寿司とターキーサンドイッチを選んでレジに進む。こんなに小さな町にも日本食である巻き寿司がパックになって売られていることに驚いた。

ベジタリアンのテーブルとそうでないテーブルとに分かれると、女性四人はベジタリアンの席に着いた。

メインは小豆に似た豆と米とを炊いたもの。これがとても美味しい。見た目はポークビーンズだが、ポークは入っていないし、小豆のような豆の味もみんなの口に合った。

舞さんは、一番小さなヤギ乳ヨーグルトを手に取ると、「英語を話して買ってみたいから」と言って一人でレジに向かった。

今回の旅では、一日一回英語で話すというミッションを持っている舞さんは積極的だ。

まっさんと、ヒデさんと三人で日本から決めてきたらしいが、他の二人が英語を話している様子はまだ無い。


しばらくして、ヨーグルトを片手に戻って来た舞さんは興奮しながら、「買ってもらっちゃった。可愛いお嬢さんに」と言った。

舞さんは、レジを待つ間すぐ前に並んでいた二十歳位のお嬢さんと話をしていたらしい。

というのも舞さんは英語の勉強中なので、覚えた英語を実践で使いたかったようだ。

「もっと話したかったのだけど、言葉があまり出てこなくて」としきりに反省していた。

そのお嬢さんは、一つだけレジを通すのは面倒だから「ごちそうします」と言ってくれたらしい。

外国で優しい人に出会うことはとても嬉しいことだが、自分よりずっと年上の旅行者にヨーグルトをプレゼントするというのは、何と粋なお嬢さんなのだろう。

舞さんの興奮ぶりを見て、わたしがごちそうしてもらったようにうれしくなった。

きっとこのヨーグルトは世界一美味しいものになったはずだ。**喜びの感情は、わたしたちの味覚さえ変化させるから**だ。

シャスタの人は心優しい人たちばかりだ。そしてそんな経験をさせてもらえる舞さんも、特別な人に違いない。

11　全員一致でシティーパーク

始めは美保子さんが運転していたが、翌日はキノコちゃんが、そして今日はまっさんが運転している。

車を運転しながらみんなは、シャスタの主な観光地が出ている案内書を見ていた。

「どこに行きたい？」と尋ねる美保子さんに、わたしは丁寧に目を通してから「やっぱりシティーパークがいいかな」と想った。

初めての土地ではまだ行っていない観光地を回るのが一般的かもしれないが、そんなことよりもまたシティーパークに行きたかった。

するとみんなもシティーパークと言ったので、直ぐにそう決まった。

このマジカルなツアーの面々は珍しい場所とか初めての場所よりも、直感で行きたい所を選ぶ。

そのみんなの行きたい所が、毎朝訪れているシティーパークなのだ。

すでに何度も来ているがとても気持ちが和む場所であり、他の観光地よりも心惹かれた。それにとても広いので、まだ何か新しい発見があるような気がした。

今日は、シティーパークの入り口で石を売っている人がいる。箱に並べられた石を公園の台の上に陳列している。

赤いオウムと飼い主は今日も一緒だ。

12　楽園の林檎拾い

わたしは、昨日見つけた林檎の木がある場所にヒデさんと舞さんを誘った。

他の人たちも誘いたかったが、みんなはどんどんと先に行ってしまってもう姿が見えなかった。クレソンの小川に行ったのかもしれない。

昨日この小さな林檎が美味しかった話をすると、二人ともかじってみて直ぐに一緒に拾い始めた。

熟していてちょうど食べ頃だったので、目に付いたものからどんどんと拾った。

野生のピンポン玉ほどの林檎は、つやつやしたやさしい黄緑色をしている。

虫食いもいくつかあったが自生している証でもある。

舞さんは、目に付いたものほとんど全部を拾って袋に入れた。それほど気に入ったらしい。

三十か四十はあったと思う。プラムはまだ食べ頃には早かったが林檎があってよかった。

たくさんの楽園の林檎は、このあと毎日料理に入れていただいた。皮と芯を取ると少ししか食べる所は無いのだが、特別に美味しかった。

何より自分で見つけて収穫したものは、美味しさが倍増する。それに土地のエネルギーも詰まっている。

木の周りには背の高い草たちが茂っていて、そんな中で自然に出来たこの林檎はこの楽園の奇跡の林檎なのだ。

13　清流のクレソン取り

まだ上の方にはたくさんの実を付けている大きな林檎の木に挨拶をしながら小道を抜けて、わたしたちは昨日はしゃいだ小川に向かった。

昨日はあまりの冷たさに長くは入っていられなかったが、今日は慣れたせいかもう少し長くいられる。

みんなは少し入ると直ぐに上がってしまったが、ヒデさんとわたしはいつまでも入っていた。履いていたジーンズを膝までめくり小川の真ん中まで進むと、自然の一部になった気がした。小川の中にいると、自然の生命と血液とが溶け合う気がする。

川底の小石はでこぼこと、時には痛い位に足裏を刺激する。

想った以上に速い水流に流されないように、丹田に力を入れてバランスを取りながら慎重に踏みしめて歩く。

濃い緑色のコケや藻や水草が、流れに身を任せながら揺れている。

草丈一メートルほどの長い水草は、水中で真横になびき、水流の強さを感じさせる。

幅五メートル程ある小川の向こう側を気にしながら川の真ん中辺りまで進むと、密生した背の低いクレソンが他の草同様になびいている。

ヒデさんは、クレソンを取りに何度も何度も川の真ん中まで行き、こんなにたくさん食べることが出来るのだろうかと心配する程取った。

14　シャスタの林檎カレー

夕食は、昨日誕生日を迎えたさんちゃんが作るカレーだ。なぜか日本製のルーを上海から持ってきてくれていた。任せてくださいと言っていたが、家でも料理をするらしく手際がいい。

今日のカレーには、林檎と高野豆腐が入っている。

シティーパークで戴いた小さな林檎もすりおろして入れた。やはりよく合う。肉は入っていないが、とても美味しかった。ベジタリアンにはお勧めだ。

サラダにはあんなにたくさんのクレソンが入ったのに、採りたての生の葉っぱをかじった時のような苦みは無く、香りのよいサラダになった。

キノコちゃんは、「これも入れちゃおうか」と言いながら何でもサラダに入れてしまう。レタス、玉ねぎの他に、わかめ、アボカド、ナッツ、ドライフルーツ、今日は干し柿も入った。

昨日はマッシュルーム、ブドウ、イチゴも入っていたが、手作りドレッシングと和えてしばらく置くと、全ての素材が馴染んで違和感なく美味しくなった。

15 「あなたは何星人ですか」

デザートのあと、話題は宇宙の話になった。

「わたしたちはどこの星から来たのだろう」と話していると、キノコちゃんが、「わたしはシリアスだからシリウスにいたと思う」と言った。

美保子さんが「いろんな星に居たけどそれも一つかもね」と言った。

「てるさんはどこの星ですか」とさんちゃんがわたしに聞いた。

「どの星もあまり当てはまらない気がするけど、どんな星があるの?」と聞くと、「アルクトゥルス星……」と言いかけた所で、つい「それ」と言ってしまった。

「アルクトゥルス星人は勇猛果敢な人ですよ」とさんちゃんが言ったので、また「それそれ」と言ってしまった。なぜそう言ったのかよくわからない。

正直言うと、どの星の要素も持っているような気がしているし、よくある星占いをしてもわたしはどの型にもはまらない気がしている。

勇猛果敢と聞いた途端に、わたしの向かいに座っていたヒデさんが吹き出した。

どうやらヒデさんの目に映ったわたしは勇猛果敢ではなかったらしい。きっとヒデさんだけではなくみんなそう想ったかもしれない。でも、面白いのでそのままにしておいた。

ヒデさんの大笑いは止まらず皆を笑いに誘い、とうとうみんなで大笑いし始めた。笑いが収まりかけても、「勇猛果敢」と言ってこちらを見てはまた大笑いした。

初めての朝、ヒデさんはアパッチティアーズの黒石からのメッセージで「いつも笑顔でいるように」と言われたが、それは本人のためだけではなく周りの人を楽しくさせるためという意味も大いにあるだろう。

なぜなら、ヒデさんの笑顔はその位強いパワーでみんなを笑いの渦に誘う。普通にしていては個性が生きないのだ。

ヒデさんは「こんなに笑ったのは、子供の頃一度だけあったけどそれ以来です」と言いながら笑いが止まらないらしく、いつまでもみんなを巻き込んで笑い続けた。

そのあと、「では前世占いで試してみよう」という言い出したさんちゃんは、どの星が故郷なのかがわかる宇宙人占いというものをスマホから取り出した。そんな占いがあるとは知らなかった。もはや故郷とは地球のみならず宇宙の星にまで及ぶようだ。遊びだが面白そうだ。

質問事項がいくつかあり、それに答えると何星人だったのかがわかるらしい。

始まるとまたこれで大いに盛り上がった。

美保子さんとさんちゃんもアルクトゥルス星人だったが、なぜかわたしのポイントが多く、やはりアルクトゥルス星人に近いという結果になり、またみんなの笑いを誘った。

わたしの隣に座った美保子さんは、椅子の上であぐらをかいていた。

きっとその方が楽なのだろうと思って見ると、その足の親指と人差し指の間にはなぜか紙ナプキンが挟まれていて、美保子さんが笑うとひらひらと揺れた。

時々ナプキンを使ってはまた挟んだ。美保子さんは、手の指のように足も自在に動かせるのかもしれない。それを見てわたしはまた笑った。わたしを笑わそうとしていたのかもしれない。

みんなは、何があっても面白い年頃の子供に返ったように笑い続けた。

16　待っていた遭遇

昨年シャスタに来た時に、大きくなって近づいてくる月を見たまっさんは恐怖心を抱き、その時は拒絶してしまった。

それ以来消えない恐怖心のようなものを抱いたままシャスタに来ているまっさんは、もし今年も遭遇したらどうしようと心の隅で思っているようだった。

舞さんが、見えない存在の声を聞き取りながら言った。「いつもの感覚と違う部分が少し痛い」と頭の右の方を抑えた。「いつもは左の方なんだけど」

「新しい回線がつながったみたい」そう聞き取りにくそうに言った。

わたしも何度か経験したことがある感覚だったので、直ぐにそうだと思った。

さんちゃんはチャネリングに興味があったらしく、どのような形で知らされるのか熱心に聞いてきた。

舞さんは「言葉が塊になって降りてくるのよ」と言った。

それは、インスピレーションのようでもある。時には光の文字や映像で知らされることもある。わたしも初めは、どこから送られてくるのか不思議でならなかった。

「妖精の見える人、怖がらないでください。いつかお会いしましょう」と伝えられ、何のことかわからなかったが、あとで聞くとこれはまっさんに対して伝えた言葉らしかった。

昨年遭遇してから恐怖心を持っていることを知る宇宙の存在が、メッセージをくれたようだ。

「ここにわたしたちのことを知るワンボディーがいることが嬉しいです」って。

「でもワンボディーってどういうこと？」「『個体』って言ってる」

舞さんはこれまでは二人の存在と交信してきたが、今回新しい回線がつながろうとしている。

舞さん自身が、初めて会話する宇宙の存在との初めて聞く単語に当惑したようだ。

どうやらワンボディーも個体も、美保子さんのことを指しているらしい。

これまで交信していた存在とは異なることが、受信の仕方や慣れない言葉使いによってもわかるらしい。

美保子さんはすでに、何度も未知との遭遇をしているらしかった。この存在とも知り合いなのだろうか。


「それにＵＦＯという言い方は好きではないみたい」

「ＵＦＯですかと聞いたら、しばらく返事が無くてそんな感じが伝わって来る」と舞さんが言った。

「いつかお会いしましょう」と伝えてきたので、今直ぐに会いたいと思ったわたしは、横から「今日お会いしましょう。是非お越しください」と声に出して言った。

このツアーで会える気がしていたのだ。

昨日わたしは自己紹介の時に、「心を開かなければ何も起きないし始まらない。開くのは自分しかない」と言ったことを思い出した。

そんなことを話すつもりはなかったのに、言葉があと押しされるように出たことが気になっていたが、この時気づいた。まっさんの気持ちのことだったのだ。

まっさんはずっとこの遭遇について考えていたので、まっさんに「心から受け入れたい」という気持ちを抱かせるために、わたしの口からメッセージを伝えさせたのかもしれない。

わたしにもどのようにその言葉が選ばれて口から出てくるのかはよくわからない。

先程、勇猛果敢なアルクトゥルス星人と言ってしまったのも、実はわたしではないような気がしていた。わたしはただ、「皆が楽しめたらいいな」とか「この旅行が素晴らしい想い出になるといいな」と想い、そこに居るだけなのだ。**一緒に楽しんでいるだけでその想いは波動となり、現象を引き寄せるようだ。**

必要な言葉をそのことを必要としている人に話すことはよくある。また逆に、わたしが必要としていることを誰かから聞かせてもらうことも多い。

まっさんは今の瞬間、心を決めたようだった。

あちらの存在に会ってみたいと。

すると直ぐに舞さんが言った。「外へ出てみませんか、って言ってる。会えるかどうかわからないけれど。いつもとても丁寧なのよ、話し方が」

たった一瞬でまっさんの気持ちに変化があったのだと直ぐにわかった。

あちらの存在も、全てを受け入れ側の自由意思に任せて急がせることもない。何事もなるべき方向にスムーズに進んでいく。

ただそれが一瞬の出来事だったので、妙におかしかった。ここでは時間さえもなく、**ただ心がそれをどう受け止めたかによって、物事が進み完結していく**ように感じる。

わたしは、宇宙エネルギーを自由に使っていいと言われたことがある。初めは何のことか意味が分からずにいたが、それは**この宇宙はエネルギーで満ちていて、それを使いこなすこともわたしたちの持つ能力の一つである。そんなもの無いと言えば無く、あると言えば無限にある**ということだと、しばらくして知った。

宇宙の存在に対してもこちらが心を閉ざせば、それ以上は入って来ない。受け入れ側の心次第で、どのようなことも起こりうることを知らされた。

始めは宇宙人という言葉を聞いただけで、子供の頃に見た恐怖映画を思い出し拒絶していたのだが、自分も宇宙に生きる宇宙人であり、それ程違いはないと思った途端みんなを仲間のように感じ始めた。わたしの前に現れる存在たちは皆、わたしを楽しませたり笑わせたりすることに余念がなく、その中にも気づきや学びが詰まっている。まるでわたしの家族や仲間たちと変わらない。名前も名乗らなければ、姿も現さないだけなのだ。

あなたがネガティブや恐ろしい存在でなければ、そこに現れる存在もそうではない。**低波動はそれに見合った存在を引き寄せることがあるが、高波動にそんなものが近寄ってくることはない。**

17 「東の空を見てください」

シャスタでは昼間は半袖でも過ごせるが、夜の外気温は十二、三度なので外に出るには上着が必要だ。

「外に出てみませんか」

そう言われ、みんなは急いでそれぞれの部屋に上着を取りに行き、期待に胸を膨らませながら外に出た。

この日の空には月がなく、星が無数に輝いていた。

「東の空を見てください」このひと言が、これから始まる素晴らしい出来事への予感をもたらしてくれた。

全員が外に出て、言われたように東の空を探した。

「朝日が昇る方角だからあっちだ」

道路から見るとわたしたちが泊っている貸別荘の屋根のすぐ左手に光が見える。

「あれだ」

期待と共に見上げると、点滅している一つの光を見つけた。

そして全員がその光を見つけると、直ぐに近くで流れ星が光った。これも演出かもしれない。

東の空に見えるその光は、明らかに他の星とは違う。

光は大きくなったり小さくなったりしながら、わたしたちに合図を送ってくれているように見える。

あちらからもわたしたちが見えているのだ。それは、舞さんの言葉でわかる。

わたしたちは一体どのように映っているのだろう。

これは気のせいでも偶然でもなく、誘われて外に出て、示された東の空を見るとそこに一つの大きな光が明らかに他の星とは異なった輝きをしている。

18　北斗七星

「ほら北斗七星も見える」と誰かの声がしたので、指さす方を見た。

どの星がそうなのか教えてもらっていると、直ぐにまたメッセージが入った。

「北斗七星の形になってください」って。

「どういうこと?」よくわからずにいると、「ひしゃくの形を作って」と声がする。

北斗七星の星の数は七つだから七人で北斗七星が作れるということらしい。

なんとも不思議な展開に驚きながらも、舞さんが伝えるあちらからのメッセージの順番に並んで、みんなで北斗七星のひしゃくの形になってみた。舞さんはあちらからの誘導通りに、一人ずつの立ち位置を指示していった。

わたしを先頭に、舞さん、キノコちゃん、ヒデさん、美保子さん、まっさん、さんちゃんだったと思う。順番にも意味があるかもしれないと思ったが、この時にはわからず、帰ってから知らされることになった。

一体これから何が始まるのだろう。

「家の方に寄ってくださいって言ってる。危なくないようにだって」と舞さんが言うのでみんなはさらに道路脇に寄った。すると直ぐに一台の車が通過した。このことを教えてくれたのだ。

「踊って見せてくれませんか」

「どうやって?」「ここで?」当惑しながらも誕生日パーティーですでに踊っているし、宇宙の前世占いで大笑いしていた先程からのノリもあり、「こんな感じ?」と言いながらそれぞれがその場で静かに踊ってみた。

でも北斗七星の形になっているので、ほとんどその場を動かずに足踏み状態だ。

夜なので大きな声も出せない。

音楽も無いし奇妙にも思える。

すると驚いたことに輝く星から、「ありがとうございました」と返事が来た。

あれでよかったのかなと、あまり上手に踊れなかったことで申し訳ない気がした。そしてもし次のチャンスがあったら、もう少し上手に踊りたいと想った。

このあと精霊に頼まれ何度か踊ることになったが、そのための練習をさせてくれたのかもしれなかった。


美保子さんにもメッセージが入った。「あなたたちはすでに北斗七星です」だって。

わたしも、ここに来る前に七という数字が至る所で出てきて気になっていた。

わたしが持って来た水は滋賀県の比叡山からで、日吉大社はそのふもとにある。

山王七社という七柱の神々を祀ってあるが、「天にありては北斗七星、地にありては山王七社」と古くから伝えられていると、シャスタから帰って何気なく見たパンフレットに書いてあった。

どうりで山王七社の階段が七段、狛犬の尻尾が七本あるはずだ。それだけではなく、七社の配置も北斗七星と同じだと古い文献にある。

水により神々をつなぎ祈ることをライフワークにしていたわたしは、北斗七星になったことにもつながりがあったのかと思わずにはいられなかった。

「七人で北斗七星。チャクラの色と同じ。やっぱりこの七人は特別ね」美保子さんが言った。


そのあとも舞さんには度々メッセージが入るのだが、大切な言葉は直ぐに記憶から消えてしまい、うっかりしていると忘れてしまうことが多い。

舞さんはヒデさんとまっさんに、「忘れないうちにしっかり書き残しておいてね」と言っていたが、この高次元からのメッセージはとにかく記憶から消えやすいのだ。

この時はなぜ書き残すのだろうと思いながらも、わたしも忘れないようにしっかりと覚えておこうと思った。

その時は、わたしがこの本を書くことになろうとは想ってもいなかった。

19　宇宙図書館

誰しも夢を見ることがあると思う。

起きて直ぐはとても鮮明に覚えているが、意識していないと勝手に記憶から消え去って、しばらくしていくら思い出そうとしても出てこない。

その記憶は、ほんの数秒であっても違うことを考えた途端に薄れ始める。

夢の中での世界は、もう一つの世界であるともいえる。

それは、異次元空間と言えるかもしれないし、見えない存在たちのようにメッセージを送ってくれる者がいる次元といえるのかもしれない。

釈迦や高僧が瞑想によって内観し、内なる世界を見たことは、異なるもう一つの世界を見たことでもあり、そこは誰の中にもあるといわれている、心の中の宇宙図書館やアカシックレコードのような場所にあるのかもしれない。

そこにはこれまでの魂の記憶の全てが記録されているばかりか、いくつにも分かれた部屋には、宇宙の歴史の全てや未来までもが存在するといわれている。

その入り口は意念で開くことが出来るが、それさえ導かれた人しか行きつくことは出来ない。

たとえ肉体は眠っているように見えても、意識の中の自分は宇宙図書館を探索していることもある。

この時の脳は潜在意識とつながっている。

この状態をスムーズに継続していくためには、わたしたちが持つ強い自我や感情を手放し、ニュートラルな気持ちになることが必要なのだ。

意図的に宇宙図書館に行き、その記憶を持ち帰りたいと思うなら、子供のような曇りのない心でいることだ。

心や身体が強く抵抗すると直ぐに意識が引き戻され、瞬時にこちらの世界に還って来ることになる。

そのためには、ただ傍観することが必要なのだ。

この地球に数十年生きるだけと思うと、それだけの枠の世界で生きることになるが、もしこの宇宙にすでに生きたことがあるかもしれないと想った時に、心のなかの宇宙図書館の扉は自然と開き、必要な情報を知ることにつながる。

宇宙図書館に訪れた人たちは、あまりに膨大な部屋数のためそれぞれが見てきた記憶が異なることもあるようだ。

それにほとんどの人は、**意識がこの三次元世界に戻る時にその記憶を忘れてしまう。**

なぜなら、そのことは忘れるようにセットされた上でこの世に生まれているからだ。

この世でのさまざまな体験は、あちらの存在に伝わっている。

わたしたちの経験を通してあちらの存在もその経験をしたかのような感情を味わい、何かしらの学

びに変えてもいる。

∞ 脳波 ∞

エプシロン波
最も低い状態

デルタ波
瞑想、深いヒーリング状態

シータ波
瞑想、インスピレーションに
アクセスできる状態

アルファ波
リラックスした状態

ベータ波
日常起きている状態

ガンマ波
チャネリング状態

ラムダ波
純粋な意識
ソースとつながる状態

すでにこの世を去った魂たちも、あちらで学び成長を続けているのだ。

そのことは、この世でもあの世でも同じといえるようだ。

見えない存在があちらから見ているという言い方は違うかもしれない。

すでにみんながつながっていて、周波数を合わせるだけで互いに知ることが可能なのだ。

周波数を合わせることで、宇宙図書館の行きたい部屋を選ぶことも可能になる。


近い者同士が同じ感覚を持っていたり、話したい内容やキーワードが同じになることが起きるのだ。

あちらの存在がこの世の誰かのことを興味深く感じ、その人生を垣間見たいと思うことはすでにつながっていることだ。

精霊や妖精、そして神々がこの地球の生命とさらにつながりを深めていてもおかしくない。

五章　ツアー四日目

1　治療エネルギー

朝、さんちゃんがソファーに横たわり治療を受けている。

ヒデさんはさんちゃんのお腹の辺りを触っていて、舞さんは足元にいて、まっさんはそばに立っているがそれぞれがエネルギーを合わせてヒーリングしているように見える。どうやらお腹をこわしたらしい。

さんちゃんは実は人見知りで、お年寄りと子供以外は緊張するらしい。全然そうは見えないのだが。

もしかしたら、毎日が不思議なことの連続で、それらを上手く消化できなかったのかもしれないと想った。


ヒデさんは次に、キノコちゃんの治療もしていた。

キノコちゃんが横で見ていたわたしにもと言うので、治療させてもらった。

「みんなからの治療が効いてすごいことになるかもしれないね」と言ったが、**このエネルギー**

は受け入れられる容量以上には入らないので心配はいらない。

治療を始めるとキノコちゃんへの心のメッセージが伝わってきたので、その言葉と共にエネルギーを送った。気になることは自然と浮かんできて言葉になる。

これは、わたしがそこに居ることで宇宙との交流がなされ、無尽蔵にある宇宙のエネルギーの中からその人にちょうどの効果がもたらされる。そうしたいと思うことで自然と行われる。

キノコちゃんはそのあと、「あの時すごくいいことを言われて驚いたのだけど帰ってきたらすっかり忘れてしまっていていくら頑張っても思い出せない」と言った。

やはりあちらからのメッセージは消えていくようにできているようだ。でも消えてしまっても構わない。その時心が何かを感じたなら、何らかの効果はあったのだ。

わたしたちは頭ではなく心や魂で受け取っていることがある。そうやって一瞬にして心が動くこともある。

もしも、心に消してしまいたいことやあきらめていることがあるなら、それらを素直に認めた時、**治癒力が働き始めることがある。**

心を置き去りにして治そうとしても、病気や困難は居座り続ける。

自分自身と向き合うことで否定的な考えを払拭し、心に変化が生じた時に、どんな治療も不要になっていくことがある。病気や困難は、自分が生きている意味を見つけるために起きているとも言えるか

らだ。

それには、自分が発する周波数を変えることで、繰り返し起きる出来事を終わりにすることだ。わたしたちは意識により異なった周波数を発し、それが形を作っている。だから、その周波数である想いや言葉や態度や行動といったものを変えることで、繰り返す病気や困難に終わりを告げることができる。


わたしはヒデさんのエネルギー治療をじっと見ていた。

わたしもお願いしてみたら、快く治療してくれた。

わたしは以前、庭仕事で背中と肩を痛めてしまい、まだ完治していない。

その時は骨が折れたと思うほど痛かったが、そのあと直ぐに痛みが治まり病院にも行かなかった。

現在自分で治療中なのだが、今回はヒデさんの治療を受けるよい機会だと想った。

そう伝えるとヒデさんは、治らない原因になっていると思われる肩の波動を一つにまとめ、「えいっ」と言って三回位その塊を払い落とすような恰好をした。それは肉体より外側の部分の治療だったのかもしれない。身体は目には見えないが何層かに分かれている。

わたしの左の肩から、何かが空間をすり抜けて払い落とされた感覚があった。

肩から腕にかけてものすごいスピードでそのエネルギーが動いたのを感じた。

わたしは波動を感じやすいのか、身体のある部分に意識を向けるとそこのエネルギーの変化を感じる。寝ている間にわたし自身の身体が調整されたり、治療が進むこともあるので、身体の中での変化を感じることが出来たのだ。

面白いことに肩は一瞬軽くなり、ヒデさんは満足そうな顔をした。でも治ったわけではなかった。この身体が変化し治るまでには、もう少し時間がかかるようだ。

わたしは自分の不思議な力に目覚めてからは、薬を飲まなくなった。

それまでは安易に薬を飲んでいたが、その薬やワクチンのもたらす危険性について身をもって知ったからだ。

薬を必要としない病であれば、免疫力を上げることでよくなることを心底知ったのだ。

自分の身体のことは自分が一番よくわかる気がしている。

2　マクラウドの滝へ

アメリカのパンはサンドイッチ用位に薄く切ってある。そして今朝のパンは、ずっしり重いオーガニックのヘンプパンだ。

ヘンプとは麻のことで大麻ともいう。

そう聞いて驚いたが、日本でも七味唐辛子に麻の実が入っていたり、馴染みのある食材らしい。こちらでは普通にパンに混ぜ込んで焼いてある。そのパンをトーストし、チーズオムレツと一緒にいただく。ヨーグルトやブドウ、バナナ、スイカもある。

マグカップにはメープルルティーの湯気が立っている。最高の朝ごはんだ。

日本ではいつも朝食は軽めだが、ここでは朝からしっかり歩けるように食べておく。


後部座席に、舞さんとヒデさんとわたしの三人で座った。わたしが真ん中だ。

昨日はキノコちゃんが舞さんと手を繋ぎ、「気持ちよかったからてるさんもしてもらったら」と言ってくれた。

手を繋ぐというよりは、わたしの両手を両手で挟んでもらったり順番に手を重ねたりしてみた。冷たかった手は直ぐに温まり、気持ちがよくなった。習慣でこちらからエネルギーを送りそうになるが、今回は受ける側なので無心でいた。

わたしは治療の時、触らずにほとんどの場合遠隔で行うが、こうして実際に触るのもよいものだ。安心感がある。

ヒデさんもしてくれると言うのでお願いし、最後はわたしの左手を舞さんに、右手をヒデさんに預けた。しばらくの間三人で呼吸を合わせてみた。

このことで仲間としての三人の調和がさらに取れた気がした。

日替わり運転で、今日は朝からさんちゃんが運転してくれている。マクラウドフォールズまでは比較的近く、車で三十分位だ。このエリアには三つの異なる滝が離れた場所にある。

駐車場から滝へ向かった。登山道は枯れ葉などが積み重なってふかふかの道を作っていて、一歩ずつが足裏に優しい。

途中何組かの登山者に出会いながら、細い道を緩やかな傾斜に沿って登って行く。

すると、先ずローワーフォールズが顔を出す。

ここの滝は山を登って行くと、ローワー、ミドル、アッパーと一つずつの滝に出会うことが出来る。

ゆったりとした流れのその心地よい水音を聞きながら、次なるミドルフォールズへと向かう。

3　命がけの丸太ヨガ

ミドルフォールズでは、水量が多いのか轟音がしている。

滝つぼの上には大きな丸太が横たわっている。

丸太の先端は川の中央に向かっていて、美保子さんは躊躇なく丸太の先端に向かってどんどんと歩いて行った。

そのあとをキノコちゃんが少しだけ慎重に歩いて続く。

わたしも続きたいが腰が引けてしまう。

十数メートル下は川で、巨石がゴロゴロしている。落ちたら打ち所によっては死ぬかもしれない。手すりも命綱も無いのだ。

日本なら「危険、渡るな」と丸太の横に書いてあるはずだ。辺りは轟音以外何も聞こえない。下は奈落の底のように水しぶきが飛ぶ。

丸太の太さは一メートル位かと思うが、この景色を見てしまったら、怖くて足が前に進まない。キノコちゃんがそんなわたしに手を差し伸べた。

「おいで」口の動きでそう言ったのが分かったが声は消されて聞こえない。足がすくむ。やめておけばよかったが、カメラをさんちゃんに預けてきた手前やるしかない。

丸太は当然中央が高く、両側は丸く低くなっているので、足の力を抜かないと立っているだけで身体がゆらゆらする。

その丸太の上で、二人はヨガのポーズをとり始めた。さんちゃんは三人のカメラで順番に撮ってくれている。わたしも勇気を振り絞りポーズを決めた。滝のしぶきを浴びながら決めるヨガポーズは、最高の気分だった。そして三人で手を繋いだ。

ミドルフォールズからいったん美保子さんは下山し、車をアッパーフォールズに移動してくれた。そうすることで昼ご飯も持ち歩かずに車に積んだままでいいという配慮だ。

わたしたち六人でミドルフォールズからアッパーフォールズまで歩いた。

ここまで来ると人影も少なくなる。

アッパーフォールズに着くと、七人が座るのにちょうどよいサイズのテーブルとベンチがあった。先程まで誰かが使っていたが、わたしたちを待っていたかのようにいなくなったのでそこで昼食をとることにした。

すぐ横にほうきのような形をした枝があったので、テーブルの上をきれいに掃いて弁当を広げた。

ちょうど大きな木が青々と茂り、日陰を作っている。

時折リスがその存在を知らせたいのか顔を出す。何だか踊っているようにも見える。

食べ物をもらい慣れているようにも見えたが、あまり近くには寄ってこない。

しばらく行くと浅瀬があり、直ぐに水着に着替えたさんちゃんは、この時を待っていたように水に入った。この強い流れの川に入るとは。今朝の腹痛はすっかり治ってしまったようだった。

浅い所で横たわったが、水流が想った以上に速いらしく、流されないようにしているのが精一杯のようだ。

腹ばいになったまま身動きが取れない様子で、さらに凍えそうな顔をしていたので、みんなで笑いながら見ていた。

ここでは残念ながら、かつてトライアスロンにも参加したという雄姿は見ることが出来なかった。

そばには水着を着た家族連れもいたが、やはり冷たいのか震えながら点在する巨岩の上に座っていた。

4　手の平から発するエネルギー

滝を眺めていると、「踊ってくださいって言ってる」と舞さんが見えない存在の声を聞き、わたしたちに伝えた。

滝の下には大きな岩がゴロゴロと転がっている。その川の脇には大きな石がきちんと並んで石垣を作っている。

昨夜見えない存在に「踊ってもらえませんか」と言われ、北斗七星の形になって踊ったことを思い出した。

さんちゃんは着替え中で、まっさんは少し遠くにいたので、当惑しながらもそこにいた五人だけで踊った。

わたしたちが踊り終えると見えない存在は、「さっき水に入ってくれた人と妖精が見える人も一緒に踊ってもらえませんか」とまだ踊っていなかった二人のことを指名して言った。

驚いたことにこの二人が踊らなかったことを知っているのだ。

見えない存在には何が見えているのだろう。

わたしたちの心と身体のどちらも見えているのだろうか。

そして、わたしたちのことはどこまでわかるのだろうと考えていると、舞さんが「みんなが無邪気な子供のように喜んでる。二、三歳の子供みたい」と言った。

昨日の見えない宇宙の存在とは違い、この川にいるのは妖精で子供のような純粋な心を持った存在らしかった。

ここでも目を凝らしてその姿を今度こそ見ようと試みたが、浮かんでいるアメンボの他にはきれいな光しか目に映らなかった。

両手を水に向けて手の平を揺すると水が喜び、妖精たちが一緒にダンスをし始める。

すると、水の精の喜びがわたしたちにも伝わり、お互いに楽しくなってくる。

手の平を向けた所には光がどんどん集まり、輝き始める。

われわれの両方の手の平は、意識していなくてもエネルギーを発している。

5　自分自身を知る

多分、宇宙の中で喜びほど大きな波動はないと思う。喜びを素直に心に感じることは簡単なようで難しく、実際この波動をストレートに送り出すことの出来る人は少ないのではないかと想う。

子供は違う。何も考えることなく無条件に嬉しいことは嬉しいのだ。そして感情のままに笑いたいだけ笑う。

「嬉しい」と感じても同時に「でも」や「だって」や「もっと」が直ぐにやって来るからである。

もし大人になってからこの感情に曇りがあるなと感じ始めたなら想い出せばいい。何でも純粋に受け取り、送り出し、循環させていた頃のことを。

変わったのは環境や世の中ではなく、実は自分自身ではないのかと。

わたしたちは見るもの、出会うものによって鏡のように意識や感情が変化していく。

相手が攻撃的であればこちらもそうなっていくし、悲しんでいる人といると気持ちが落ち込む。曇りの無い人といるとこちらも純粋になれる。

引き寄せられるように感情はいつも変化し、注意深く観察することで自分の感情の方向がどこにあるのかをわたしたちは知ることが出来る。

出会う相手は、あなたという存在を気づかせるために存在している。

「自分とはどういう存在なのだろう」と考えたことがないだろうか。その答えを見つけることは簡単ではない。

自分がどのような存在なのかを知るには、周りを見る以外にはないのかもしれない。もしかしたら、自分はどういう人なのかよりも、どういう人になりたいのか、そこが大切なのかもしれない。

こんな人になりたいと想った時に、人生の指針はそちらに向かい始める。だから「志」「想い」「想念」がその人を表す手がかりになるのかもしれない。

6　「何かもっと踊れるものを」

妖精さんに指名された二人が踊ると、今度は「全員で踊ってもらえませんか」と言われ、七人で川沿いに並んだ。

誰かが川上に居たまっさんに歌ってと言ったので、まっさんが歌おうとして口を開いたが、その瞬間あちらからのメッセージが入った。

「待って」大きな声で舞さんが言った。

絶妙なタイミングだったので、まっさんは慌てて歌うのを止めた。「何かもっと踊れるものをって言ってる」

そのあと何を歌おうとしたのかと聞くと「荒城の月」と言った。小学校で習った唱歌だが、それではしっとりとし過ぎていてとても踊れそうもない。

あちらの存在も「それではいけない、直ぐに止めなければ」と想ったに違いない。

「何かもっと踊れるものを」と妖精さんが言うと、少し考えてからさんちゃんが「じゃ、よく歌えないけど」と言ってスタンドバイミーを口ずさみ始めた。

まっさんは歌い始める瞬間に、見事に見えない存在に止められて、あまりのタイミングのよさにみんな可笑しくてたまらなかった。

歌詞のわからない所もあったが、楽しい気持ちのままみんなで歌いながら踊った。

川沿いには平らな石がまるでわたしたちのステージのように並んでいた。妖精さんたちが見てくれている。石の上で一列になって、川に向かって踊った。

七人のエネルギーが集まり、単純に七倍だけではないとても大きな喜びのエネルギーと変化して伝わっているようだ。

それを感じた妖精たちがどんどんここに集まってくる。そこからわたしたちの個性も伝わっているのかもしれない。

一曲終えると、「ありがとうございました、とても楽しかったです」と妖精さんからお礼の言葉が返ってきた。

そして、「水に入ってくれた人にもお礼を言ってください」と言われた。妖精さんたちにとっては、川で楽しんでくれることが喜びでもあるに違いない。

姿が見えない妖精さんたちが楽しんでくれている様子が目に浮かんだ。

不思議と心が温かくなり、みんなの笑顔も素敵に輝いていた。

帰り際には、大きなサギが美しい姿で、川の真ん中からわたしたちを見送ってくれた。

7　プルートケイブ

さんちゃんが運転する車は、どんどんとアースカラーの高原を走って行く。

身長ほどの木々がその周辺の景色を遮り、辺りはよく見えない。建物のような目印になるものも無いので、よくこの道だとわかるものだと感心した。

時折、通りの名前が表示してあるものの、それらの間隔が長すぎて本当にこの道でよいのか不安になったりもする。

でも、助手席の美保子さんに迷いはないようだ。もしここで車が故障してしまったらどうするのだろうと、ふと想った。美保子さんが「もうすぐだから」と言ったが、見渡す限り同じ景色だ。シャスタの北に位置するプルートケイブは、砂漠地帯にある。

十九億年前の火山噴火による溶岩洞で、それは隣接するオレゴン州まで続いているそうだ。プルートとは冥王星のことなので、この星とも何かのつながりがあるのかもしれない。

少し行くと大きなトラックが、一本しか無い道をふさいでいる。運転手が車の外に居たので尋ねると、タイヤがはまって動けなくなったらしい。

何とか抜け出そうと試みたせいか、車は真横を向いてしまい道は完全に通れなくなっている。助けを呼んだので直ぐに来てくれるはずだと言う。

8　回り道

「違う道を行こう。確かあっちからも行けるから」と少し行くと、「ほら道に出た」と美保子さんが言った。そして、ケイブの近くにある広くなった場所に車を止めた。

辺りには、シャスタ山でお祓いに使ったホワイトセージが一面に生えている。

ホワイトセージは低木のようにしっかりとした枝を持ち、その先にはふわふわとしたつぼみのようなものを無数に付けている。すでに枝の先で乾燥しているようにも見えるのだが、触ってみるとふわふわして水分を持っていることがわかる。

目に映る辺り一帯はホワイトセージ畑で、そばには常緑樹であるヒバが青い実をたわわにつけている。

美保子さんは、ドライフラワーにすると言って取り始めた。わたしも真似して取っては袋に入れた。持っている間中とてもよい香りがした。

セージを摘んでいると、洞窟の方から男性が二人出てきた。

美保子さんは、「回り道で少し遅れたおかげで、誰もいない洞窟に入れるわね」と言った。

やはり偶然ではない。

「本当は三時に来てほしいと言われたけれど、間に合わなかったから」と舞さんが言った。見えない存在は最適な時間も教えてくれるらしい。「三時に入ると、これから行く洞窟の天井の穴から日が射してきれいだと教えてくれたようなんだけど」

時計を見るとすでに五時を回っている。三時に入れなかったのに、遅れたわたしたちにトラックで回り道をさせ、タイミングを計ってくれてありがたいと想った。

9 「扉からどうぞ」

レムリア大陸とは、かつてインド洋に存在していたとされる幻の大陸のことだ。アトランティス大陸やムー大陸と同じように、かつて存在していた巨大な大陸として表現されることが多い。

そのレムリア人にとって、情報とエネルギーが詰まったタイムカプセルのような場所がこシャスタともいわれている。

昨年も来たみんなに続いてわたしも足早に進んだ。すると草むらの途中で突然立ち止まって、「扉がある」と舞さんが進もうとするみんなを両手で遮った。

わたしたちには何も見えないけれど、ここに入り口があるらしい。去年はこの見えない扉はなかったらしいが、どこに通じる扉なのだろう。

もしかしたらここが、古代レムリアの入り口だったのかもしれないと帰国してから想ったが、その時は何も気づかずに言われた通りその扉があるという場所から入っていった。

ここでも順番があるようだ。「最初はさんちゃん、最後はまっさんが皆を守って、二番目はヒデさんで次に美保子さんとわたし」と舞さんが言った。残ったのはキノコちゃんとわたしだ。どちらが先なのだろう。なぜ入る順番が決められ、そこにどんな意味があるのだろうと考えていたら、「次は年齢が上の方で次が若い方」と言われた。

驚いたことにあちらの存在は青い服とか、背の低い方とは言わずに年齢で言ったのだ。これまでの五人も名前ではなくイメージで送られてきたようだ。なぜ年齢までわかるのだろうと不思議だった。

「この順番で進んでね」

「ここは昔生活の場でもあったのよ。この洞窟は古代からの祈りの場で、出産の場でもあり聖地だから」と美保子さんが言った。

その時突然その場の空気が変わり、気持ちが引き締まるのを感じた。

10　レムリアへの入り口

みんなが並んで下りていくと、とても大きな洞窟の入り口が見えた。

中は暗くて奥までよく見えないが、しばらくすると次第に目が慣れてずっと奥まで見渡すことが出来るようになった。

洞窟の入り口はほとんど天井まで開いていて、洞窟と同じ位の幅がある。

入り口のすぐ外にはお祓いをした跡のようなものが残っていて、誰かが今でも祈りに来ていることが窺える。


洞窟の入り口が古代レムリアへの入り口であると思っていたがそうではないのか。わたしたちに示された入り口こそが、本当のレムリアへの入り口だったのかもしれない。洞窟の入り口の両側は、岩の壁になっている。

奥の方の天井には一か所だけ光の射す場所があり、近づいてみるとそこには巨大な石が積み上げられて天井までの壁を作っていた。

その一番高い所からの小さな岩の空間が洞窟の中を暗闇にしないように、光を送っているのだ。

広い洞窟の中の空気は、外とは全く違う。

この場所に来られたというだけの浮ついた喜びの感情はわたしの中から消え失せ、何かの始まりを感じる。みんなの神妙な表情からも、何かが始まることが窺える。

真ん中には石で丸く囲って火を焚いた跡がある。

ここに聖水を捧げてもよいか尋ねて、先程外で摘んだばかりのセージを二本、榊の代わりにして比叡山の水を少し注いだ。

その周りで十人が輪になって手を繋いだ。以前に男女が互い違いになるようにと教えられたので、今回は自然にそうなった。

11　わからぬ涙の訳

わたしは入り口を背に奥を向いて正面に立った。

この場所に立った瞬間から、突然涙が込み上げた。

なぜだかわからないが、涙が溢れて止まらない。

みんなで手を繋ぎそれぞれが心の中で祈ったが、大粒の涙は溢れ出る。

七人で祈ることで、何かがなされている気がした。

そのあと、それぞれが思い思いの場所で瞑想をしているようだったが、わたしはずっと涙が止まらないまま両手を高く上げたり下ろしたりしながらこの空間を歩いていた。

どうやら両手は、わたしのセンサーの役割をしているようだ。

よくはわからないがただそうしたいと想った。

そして終わったと想ったと同時に、溢れる涙も止まった。

みんなはまだ洞窟の中で瞑想している様子だったが、わたしは切り替わった気持ちで外に出た。

一体何が行われ何がなされたのだろう。

わたしたちは、この地に何らかのつながりを持っていたのだろうか。

この地に来たことでわずかな記憶でもよみがえることがあるなら、是非知りたいと想った。

日本でも祈ることがあるが、その土地に行くことで何かがなされているらしい。もしも足を運べない時は、せめて意識の中でその場に心を向けて祈ることがある。

レムリアにも何度か次元を超え、訪れたことがあるような気がしているが、やはり身体を持ってその地に行くことには特別な意味があるようだ。

涙は感情とは別に、自然と出てくることがある。ここシャスタに来る二か月前から左目の涙が止まらなかった。そしてそれは今回帰国したら止まっていた。

不思議なことに、去年セドナに行った時も旅立つ二か月程前から左目だけ涙が止まらなかった。

これまで、ヒーリングやカウンセリングをしている時に突然涙を流す人があったが、それは魂が何かに感動したからだ。涙が自然と流れて、「なぜ泣いているのかわからないんです」と言われることもある。

瞑想中に号泣することもある。そしてその意味は、しばらくしてからそれとなく知らされることになる。今回も何か理由があったのならあとで知ることになるのかもしれない。

12 「石を置いて行って」

洞窟の外に出てみると、入り口の小高い場所で美保子さんが座って瞑想していた。

少しあとに出てきたさんちゃんが、「石を置いて行ってと言われた気がする」と言って袋の中から一番大きな水晶を取り出した。

舞さんが「ちょっと待って」と言ってそばに寄り、「その石はまだあなたと一緒にいたいと言っている」と、もう一度袋を開いた。そして、中から小さな石を手にしたさんちゃんに「その石がいいわ」と言った。

それから、さんちゃんはその石を足元に埋め、「また必ず来ますから」と言った。

13　もう一つの洞窟

みんなが洞窟の外に揃った所で、もう一つの洞窟に向かい始めた。

これで終わりだと思っていたのにそうではなかったのだ。驚きながらもみんなに続くと、さらに大きな入り口の洞窟があった。

今度も先程と同じ順番になって進んだ。

先程の洞窟に入る前に舞さんがマスクを渡してくれたが、小さな洞窟だったので必要ないと思ってつけなかった。ここにも入るとは知らなかったからだ。

それぞれ持参した懐中電灯やヘッドライトを取り出した。

ここは真っ暗でどこまで続いているのか全く見えない。天井も先程より高い。

洞窟の中は歩くと埃が舞い、数人が続くと砂埃はさらに大きくなった。マスクをしていなかったことを後悔した。

足元が見えないので巨大な石に遮られながら上手く歩くことが出来ないでいると、先頭を歩いていたさんちゃんがみんなの何倍も明るいヘッドライトでみんなの足元を照らしてくれた。

このためにさんちゃんが先頭に進むよう指示されたように思えた。

ここでは、出した足を着地する場所を探しながらゆっくりとしか進めない。

大きな石が無造作に積み上げられた岩場では、両手で石に手をかけ大股で登ったり下ったりしながら歩く。そして口に手を当てながら埃を遮り、静かに鼻呼吸する。

しばらく行くと、光が射し込む平地に出た。上の岩が崩落したのか外からの明かりが見える。

「去年よりも大きくなってるわね」「前はもっと小さかったと思うけど」と四人が話している。

この洞窟は、この先も崩落した所からわずかな光が射したりしながら三十五キロも続くという。わたしたちはこの辺で戻ることにした。

洞窟から外に出て、やっと空気を胸一杯に吸うことが出来た。

先程のセージ畑には、オレンジ色の花や鮮やかな黄緑色のまるでコケのような葉を付けている枝もある。

すでに乾燥しているように見えるが、触ると柔らかいので生きていることがわかる。

洞窟から出ると、美しい夕日がわたしたちを待っていた。これまで見たことのない美しさだった。この美しさは目には映っているのに、なぜだか写真に撮ることは出来なかった。

いよいよ明日はシャスタツアー最後の日だ。

14　そうめん三昧

この日は帰ると九時近かったので、夕食は昨日作ったカレーの残りでカレーそうめんにしようと決まった。

ここにきてからにゅう麺、そうめんイタリアン、カレーそうめんと、こんなにそうめんが役立つとは思わなかった。どの位持参するか悩みながらも、たくさん持って来た甲斐があったというものだ。

どうでもよいことなのだが、そうめんの話にはストーリーがある。

ツアー前のメールのやり取りで、そうめんを持参してくださいと頼まれた。

始めはひと箱九百グラム入りを持ってこようと思っていたら、ヒデさんが六百グラムにしてくださいと言ってきた。

腕力には自信が無いわたしは軽くなってよかったと思い、そのように美保子さんにメールをするとなぜ減らすのですかとの答えが返ってきた。

それでやっぱり九百グラム必要なのだと思い量を増やして持参した。

着いてみると、誰か他にも持参した人が居た。

そのそうめんは信じられない位ここシャスタで活躍している。今夜もゆで時間の短いそうめんは大活躍だ。

帰り道でキノコちゃんが足りないものだけ買ってくるからと、スーパーに走って行った。何も持たずに戻って来て、「お財布忘れちゃった」と言ってまたスーパーに飛び込み、今夜のビールとアイスクリームを買うとまた走って戻ってきた。レジのお兄さんにグッドチョイスと言われたと笑っていた。キノコちゃんは子供のように映ったに違いない。

毎晩飲むビールは楽しい。なぜかと言うと、ハーブの香りがするビールやチョコレートの香りのものなど、珍しいものをキノコちゃんが選んでくれるからだ。

もちろん、普通に美味しいビールや地元の黒ビールもある。珍しい飲み物は男性にはあまり好評ではないようだったが、わたしは色々な香りを楽しませてもらった。

15　キューピットシャッフル

さんちゃんが「アメリカでブレイクしているダンスなんですけど」と言って、キューピットシャッフルというビデオを見せてくれた。「よく子供と踊ってるんだけど簡単なんです」と。

教えてもらうと、右に四歩、左に四歩、キックを四回、そして九十度回転する。この繰り返しだけなのだ。

目からうろこで、ダンスってこんなに簡単なのかと思わせる。

これに変化を付けるだけで、初心者でもダンスのプロでも自在に踊ることが出来るらしい。

この時は、曲を聞きながら何となく身体を動かしてみただけで、まさかわたしたちがビデオを撮り、ユーチューブにアップすることになるとは想像もしていない。

先程の空は曇っていて星が見えなかった。

やはり、遭遇は昨日でないとできなかったのだとみんなで話した。わたしたちの滞在の中で、最もよい時間を選んで会いに来てくれたのだ。

その中でもまっさんが、去年から抱いていた恐怖心が消えないことにはこの遭遇はありえなかった。

面白いことにそのまっさんの気持ちが一瞬で変わり、怖くないと想った途端に「外に出てみませんか」と招待されたのだ。

他の全員はすでに未知との遭遇に対しての理解を持っていた。

何人かはすでに遭遇したことがあったので楽しみにもしていた。

わたしも日本を発つ前に、「宇宙の存在と会って来るからね」と言って来ていた。

寝る前にまっさんと舞さんがもう一度夜空を見に外に出ると、いつの間にか星が出ていて昨日の宇宙の仲間と再会したという。

昨日のお礼を伝えると、あちらからもダンスのお礼が返ってきたと舞さんが言った。

六章　ツアー五日目

1　見られていたゴミ拾い

台所で朝ごはんの準備をしていると、舞さん、ヒデさん、まっさん、さんちゃん、キノコちゃんが散歩から帰ってきた。

「太陽に向かって走ったわ。楽しかった。大地にも横になったし最高」そう言ったキノコちゃんは、このツアーに参加してからぐんぐん元気になっているように見える。

朝ごはんの用意をする者や見えない存在からのメッセージを記録する者、帰りの準備をする者。今朝はこの別荘での最後の食事だ。

今夜はレディング空港の近くにあるホテルに泊まる。

冷蔵庫に残っていたものを食べ切る女性たちのアイデアは素晴らしい。

野菜類は昨夜のサラダにして食べ切ったし、公園の林檎も、スーパーで買った食材も何一つ捨てることはなかった。

最後の林檎は舞さんのアイデアで、内緒で朝の味噌汁に入れてみたが、食べ終わるまで誰も気づかなかった。歯ごたえも味もまるで玉ねぎか茄子のようで違和感はなかった。これも新しい発見だ。

たくさんあったチーズはパンに乗せてオーブンで焼き、卵はオムレツにして、果物とヨーグルトも今朝ちょうど食べ終わった。

しっかり食べたあとは、荷物をスーツケースに詰め込み、別荘の片付けをする。

そういえばキノコちゃんは、滝でもプルートケイブでもごみを見つけては持ち帰っていた。それを知っていた見えない存在に、「ごみ拾いをしてくれた人にありがとうと伝えてください」と言われていた。

普段はごみ拾いをしても誰にも礼など言われることはないが、このように**誰かに見られていることを知ると、わたしたちはもう少し違った生き方ができるかもしれない。**

見えない存在からの声を聞きたいばかりにごみ拾いをする人も出てくるかもしれないし、褒めてもらえるなら他にも自主的に褒められそうなことを探したくなるに違いない。

実はわたしたちはいつでも見られている。

また自分自身を見ている。

何かをするのかしないのかはいつでも自分次第なのだ。

これを見た土地の神様が喜ばないはずはない。

みんながキッチンカウンターに集まると、また星人の話で盛り上がった。

ビデオを作るのはどうかと言い始めたキノコちゃんは、振り付けや自己紹介の方法についても面白可笑しく段取りを話し始めた。

話しながら、みんなの相槌や反応によって次のアイデアが湧き、決まっていくような展開になった。

「冷静沈着」なアンドロメダ星人のヒデさんと、「勇猛果敢」なアルクトゥルス星人のわたしはなぜか先日そのように決まり、みんなの大笑いを誘った。

そんな過去世があったかもしれないが、そう断言しては異星の方々からクレームがあるかもしれない。

あくまでも食後に盛り上がり、星人占いをして出た極めてあいまいなデータを基に遊んでいただけなのだ。

2　異星での過去生

わたしたちには地球だけでなく異星にいた過去生があるらしく、必要に応じてその記憶もよみがえるようだ。

そんなことはありえないと恐怖心一杯の人には心配無用で、記憶もよみがえりはしない。

あの時は舞さんが「まっさんとキノコちゃんとわたしは未知の星から来たみたい」とメッセージの言葉を伝えていた。

未知の星というのは、われわれが知らない星という意味だ。でもビデオにするには星の名前があった方が楽しいので、何か考えて付けてみることにした。

まっさんはマクラウドの滝で妖精たちの前で「荒城の月」を歌いながら踊りたかったのに、見えない存在からストップがかかったという経緯があるので、「荒城の月」にしようと満場一致で決まった。

さんちゃんは滝の妖精たちに、「あの人は遊ぶのが上手そうだから遊んでほしい」と言われたので、「妖精に好かれる男、オリオン星人」

キノコちゃんはシリアスなところがあるというので「シリウス星人」

美保子さんは「両性の美貌、ティアウーバ星人」

舞さんはあちらの存在に姫と呼ばれているので、「かぐや姫、セーラームーン」にしようと決まった。

隣の部屋で名前を考えていたまっさんに、普段は小さな声の舞さんが「わたしはかぐや姫だってー」と大きな声で叫んだのを聞いてみんなが驚いた。

これまでは写真を避け、ビデオにも出たくなさそうだったのに急に積極的になっている。

どうやら顔をマスクとサングラスで隠してわからないようにすると決めた途端に、その気になったようだった。

これで全員が意欲的にビデオ撮りに取り組める。


キノコちゃんは振り付けを考えながら伝え始めた。

そして近くにあった紙に一人ずつのプロフィールを書く。

どんどん決まっていく。

実際のビデオに編集して入れた文字は、キノコちゃんのアイデアで星人を性人と変えてあった。これで異星人からの苦情も避けられそうだ。

3 「JOY7」誕生

曲は「キューピットシャッフル」

アメリカで大人気の誰でも踊れるダンスだというが、タイトルがわたしたちにピッタリだ。

簡単すぎるステップが、人前で踊ったことなど無いみんなを直ぐに踊りたいと思わせた。

リズムを聞きながら右に四ステップ、左に四ステップ、キックを四回、あとの四歩で九十度回転する。この繰り返しをするだけで、初めてのわたしたちでも踊っているように見えてくる。

グループの名前は「ＪＯＹ７」

ここまで決めるのに時間はかからなかった。というよりしゃべっている間に出来てしまったのだ。

波動の高まりは時間の中での感情の変化となり、時間が加速して感じられる。これまでにも十分にそのことを味わったが、時間はさらに加速を続けている。

いよいよこの別荘ともお別れではあるが、ビデオ撮りが楽しみなのでみんな足早に車に乗り込んだ。

どのように映るのか、想像しただけで笑えてきた。

みんなの気持ちが一つになり、そこに見えない存在たちのエネルギーも加わって信じられないスピードで全てが進行し現実化していく。

その流れを遮るエネルギーが無ければ、何事もこのようにスムーズに展開する。これこそが、わたしたちを通して教えてくれている宇宙エネルギーの有効な使い方なのだ。

エネルギーはいつでもどこでも無限にあるのに、そのことに気づかないばかりに手を伸ばそうとしていないだけかもしれない。

宇宙法則とはシンプルに、そこに愛と喜びと感動があれば叶いやすくなる。

そしてそこにある平和につながる気持ちが、仲間や世界や宇宙の平和に飛び火していく。

今日も到着した時のように、庭のスプリンクラーが元気に回っている。

出会いからわずか五日間だったが、みんなとはもっと長い間、五か月も五年も一緒に過ごしたような気がしてならなかった。

4　おやじギャグと文字の力

ヒデさんはいつでもどこでもおやじギャグを言っている。いつもならそろそろおやじギャグが飛び出すはずなのに、ヒデさんの様子がおかしい。

黙ってしまってひと言も発しない。

「先程作ったビデオ用の紹介カードに冷静沈着と書いたら、途端にそうなってしまったわね」と舞さんが笑った。

言葉の力や文字の力は大きい。何でも想ったことが直ぐ形になってしまうここシャスタでは、その効き目も瞬時にやって来る。

ヒデさんは本当に冷静沈着になり、何もしゃべらなくなってしまった。

それを舞さんが、「沈着の字を珍しい方の珍にすればよかったわね」と言ってまた笑った。

それとは逆にまっさんは目を輝かせ、生き生きとし始めた。

淡い色の長袖のジャンパーのフードをかぶり、両耳には黄色い花をつけ、妖精に成り切ってしまった。

部屋に飾ってあったカラフルな花たちは、身体に飾ったり口にくわえたりみんなの小道具として大活躍だ。

5　撮影開始

さんちゃんは線路の近くに車を止め、フロントガラスにスマホを立てかけた。音響と撮影担当だ。

キノコちゃんと二人でカメラを見ながら立ち位置を決めていると、そこになぜかサーフボードが落ちかけた車が通りかかった。何人かでサーフボードを引き上げ、線路を渡してあげた。その代わりに全員での写真を撮ってもらうことにした。

美保子さんがあちこちに花をつけて仮装しているわたしたちのことを、「クレージーな集まりなんだけど撮ってくれませんか」と言うと、「俺もクレージーさ」と言って快く撮ってくれた。

「こんな風に登場してね」とキノコちゃんに言われたが、本番ではそんなことも忘れてしまいすっかり素に戻ってしまった。そこがまた面白く映った。

ロケーションは最高だ。

後ろにはシャスタ山がそびえ、小さな赤い建物が周りの木々の緑とのコントラストを際立たせている。

静かな線路のある風景だ。

空は広く青く眺めているだけでしあわせになれる。

そんな空間でわたしたちは、北斗七星の形になって踊った。

宇宙の存在も空から見てくれているに違いない。

もしかしたら最初からわたしたちに踊ることを勧めたのは、今日このビデオを撮るために練習させてくれたのかもしれない。

初めて出会う、年齢も考え方も違う七人でも、心を一つにして何かを創り出すことや成しとげることが出来ることをわたしたちに教えたかったのかもしれない。時間もそこには必要ではなく、想いと行動が何より大切であることを。それがこんなにも大きな感動を生み出したのだ。

練習もなく立ち位置を決めたらリハーサル。そのあと直ぐに本番だ。

わたしたち七人は、「ＪＯＹ７」となって見えない存在との楽しかった語らいや、シャスタでの素晴らしい想い出を胸に躍った。

他に何にも考える余地など無い。ただ楽しんだ。

空は、いつまでも青かった。

数分間の曲を二回流しただけの時間なので、撮影はあっという間に終了した。

車に乗り込むと、さんちゃんが直ぐにスマホで出来栄えを見せてくれた。

「ユーチューブに投稿しよう」皆が言った。

「編集は誰がやる?」

ワクワクしてくる。

夕食後のあの底抜けに楽しかった感動のひと時を忘れたくない。

そのあとの未知との遭遇や妖精たちとのダンス。

ここシャスタでの想い出の全てを忘れないためにも形として残したい。

みんなの心は同じだった。

6 スタンドバイミーと水の精

その後わたしたちを乗せた車は、映画「スタンドバイミー」で知られる線路へと向かった。

車を止め、線路沿いを歩く。

赤いさび色をした線路はどこまでも続いている。線路の周りの砂利を除けながら、等間隔にあるコンクリートの上をリズム良く歩いて行く。照り付ける太陽の下わたしたちはひたすら進む。

子供に戻ったように、誰からともなく「線路は続くよどこまでも」と歌い出す。

線路脇にある木陰を涼みながら歩いていると、自生したラズベリーがちょうど黒く熟していたので、二つ、三つ取ってもらって食べた。

しばらく進むと沢に出た。小さな滝もある。緩やかに広く流れている滝を見上げるとその壁面一杯に背の低い植物やコケが茂り、水しぶきを浴びながら輝いている。滝に近づき手を伸ばして水をすくい口に運ぶ。冷たくて美味しい。

足元の沢にある石の色は、源泉と同じく茶とベージュのまだら模様だ。わたしはすでにピンクのハート石を戴いたのでもう探すこともない。

ここでもそれぞれが持参した石を取り出して水につけた。少しすると水はキラキラと光を放ち始めた。

妖精たちが集まってくる。

「みんな石を小川につけてみて」舞さんが言ったので、まだ石を出していなかった二人が石をカバンから取り出した。

わたしは、首から下げていた碧いラピスラズリのペンダントの皮ひもが濡れないように、そっと石の部分だけを水につけた。

真ん中に置かれた大きな水晶が、小川の中でひときわ輝いていた。ヒデさんの水晶だ。

「水晶を立ててみて」舞さんは聞こえた声を伝えた。

立てた途端に光がらせん状になって、水晶の先端から中に入ってきた。

どうやらとがった部分がアンテナの役割をして光を受け取り、エネルギーを受け入れやすくしているようだ。

わたしのペンダントもまるで命が吹き込まれたかのように輝き始めた。みんなはこれを見たいために石を水につけていたのだとやっとわかった。

7　波動が伝わり共鳴し合う

みんなが歓声を上げた。不思議なことに他の石たちも、見るからに先程とは違う輝きを放っている。

石の細部が宝石のようにキラキラと輝き、石だけでなく水も喜んでいることが伝わってくる。

わたしたちが喜べば喜ぶほど、さらにその輝きは増していく。

わたしが撮った写真を見て美保子さんが、「あなたのは特別キラキラするわね」と言った。

きっと**目に映る光にも個人差があるように、写真に写る光についても個人差がある。それは写す人と同調して映像化される**ようだ。

わたしは随分前に、見るもの全てが輝いているという経験をしたが、そのあともわたしの感情によって目の前のものの見え方が異なる。

前向きな思いを持ち、何事も楽しんでいると、この輝きは増し、その波動は身体の細胞たちにも伝達され、疲れさえ軽減されることを知った。この時に脳から出る指令は、身体が出す誤作動による不要物質を制御し、身体が本来持っている最大限の免疫力で自ら回復し始める。

これまでこのことを伝え続け、その効果を十分に見てきた。

考え方が変わったことで、もう不要に病気になる事もない。

シンプルな考え方は自分の健康だけではなく、周りの人や環境にも大いによい影響を与えているのだ。

石も水も妖精も、気持ちのよい場所にいるとこんなにも喜びさらに共鳴し合う。

人間も動物も、大地も地球も同じということだ。

8　意識を向けると話し出す

線路を歩き続けると、滝への入り口らしき場所に出た。

その入り口の草むらから少し入ると大きな木々が生い茂り、その奥に河原が顔を出す。

真正面には断崖から水が溢れ落ち、巨大な滝となっている。

目の前に立ちはだかるその壁のずっと上から溢れ出した水は、この広い一面の緑の壁に優しく均一に水を送っている。

この滝の後ろ側にも緑が美しく生い茂り、水しぶきを浴びた植物たちはとても静かに自由に成長しながら、この絵の一部として輝きを放ち、いつまでも見る者を飽きさせない。

そしてそのずっと上に拡がる空は青く眩しい。

足元にある川は静かに流れ続けている。浅い場所を探しながら、大きな丸い石の上を渡り滝に近づくと、そこには滝と自分だけの世界が拡がる。水しぶきが風に乗って顔や身体に心地よく当たる。流れる滝音が身体に染みわたり、この世の不浄を身体の全細胞から浄化してくれるようだ。

滝から少し離れた大木のそばには、家族連れがいる。

連れている大型犬は横たわり、木に登ったりぶら下がったりして遊んでいる女の子を見ている。

人の顔よりも大きな葉っぱが至る所で群生していて、ここは巨人の国のように錯覚させられる。

みんなは滝の近くで裸足になったり瞑想をしたり、大きな岩の上に登ってみたり、それぞれの時間を過ごした。


何人かでさらに奥の方へと進んだ。景色を楽しみながら小さな滝を眺めていると、「わたしを見に来てくれてありがとう」とあちらからの声を舞さんが伝えてくれた。

「みんなは大きな滝に気を取られてわたしのことはあまり見てはくれないのです。見てくれてありがとう」と小さな滝が言った。

この滝も素晴らしい。ただ、正面の滝が目に飛び込んできてみんなをくぎ付けにしてしまうので、ここまでは来ないことが多いのかもしれない。小さな滝の声が聞けてよかった。

滝にも意識があり、それぞれが想いをもっている。ただ、その声はわたしたちには聞き取れないだけなのだ。

わたしたちはこの場所を心ゆくまで楽しんだ。

去る前にはたくさんの虹が挨拶してくれた。

線路の反対側の道を帰ると、先程食べたラズベリーが今度は辺り一面に茂っていた。

みんな疲れて空腹だったのでたくさん食べた。黒く熟したものはとても甘く、その程よい酸味が疲れを取ってくれる。ラズベリーはいくら取って食べても無くならなかった。

9　バーガーショップ

昨年みんなが来て美味しかったというハンバーガー屋に入った。

この辺りにもあまりレストランは無かったので、開いていてよかったとホッとする。すでに三時を回っている。

若くて元気なお姉さんが早口で愛想よくてきぱきとオーダーを取っている。

メニューの一つを指して「これは何ですか」とさんちゃんが聞くと、説明してくれるがうまく伝わらず、ちょっと待って味見してと言って、ケーキのようなものを持ってきてくれた。

シロップがたっぷりとかかった丸いワッフルの載った皿を三つテーブルに置き、これはサービスだと言う。

さんちゃんは妖精だけでなく、店のお姉さんたちにも気に入られたようだ。

このデザートは、実はこの店一押しのようで、店の入り口にもたくさん陳列してある。味見用なら一皿あれば足りるのに、三皿も出してくれたのは大サービスだ。

口にすると想像通りとても甘いので、食後に食べた方がよさそうだ。

ここのハンバーガーにはたっぷりのポテトがついていて、そのポテトにはさらにチーズ味のマヨネーズがたっぷりかかっている。お腹はすいていたが、さすがに全部は食べられなかった。

シャスタに来てからは一度町のセルフレストランで外食をしただけなので、今回が初めてのアメリカらしい食事だ。

毎日の貸別荘での食事は、幸い普段の食事に近かったが、男性にとっては少しあっさりし過ぎていたのではないかと想った。久しぶりの高エネルギー食に、みんなの胃袋も満たされるに違いない。

そしてこれが、滞在中の最後の食事となった。これからホテルに戻り、明日は早朝四時には空港に向かう。

いよいよ別れが近づいている。

名刺やアドレスの交換をした。このほんわかとした夢のような時間もあと少しだ。

ホテルは、レディング空港の近くにある二階建てのモーテルだ。

到着したのはすでに夜の八時だった。少ししてから、さんちゃんとまっさんの部屋でお別れ会をすることにした。

これまでも細やかな気遣いで毎回違ったビールで楽しませてくれたキノコちゃんは、さんちゃんと隣にある酒屋に行って最後の集まりのためのビールとおつまみを選んでくれた。

今日は、いつもよりたくさんのお酒とおつまみがある。

みんなで朝撮ったばかりのビデオの上映会を始める。

さんちゃんはすでに、タブレットでみんなが見ることが出来るように用意してくれていた。

みんなは二つのベッドに座った。

キノコちゃんはライムを切っている。黄色いお酒の入った小さな瓶の口からくし形に切ったライムを押し込むと、さわやかな香りが部屋中に拡がった。

名前は知らないが、炭酸の効いたおしゃれな飲み物で最後の乾杯をした。

10　ユーチューブデビュー

帰国後、いかにも素人らしいこのダンスにテロップを入れたキノコちゃんのプロデュースの才能には驚かされた。

プロ顔負けの編集を施し、ユーチューブに投稿されるまでたったの一週間という超スピードだった。

このダンスを見た人にはきっと、シャスタの精霊たちからしあわせのおすそ分けがあるはずだ。

それに上空から笑いながら見ている、見えない存在たちの気配も感じられるかもしれない。

フォーメーションはもちろん、北斗七星である。

始めはメーキングが流れ、みんなの素の話し声が入っている。リハーサルの様子だ。

美保子さんはスカーフを目深にかぶり、くるぶしの見えるインド人風。このあと帰国してから、ティアウーバ星人としての記憶がよみがえってきたという。

何事もフォーカスしたところにエネルギーは注がれ、必要なことが知らされる。

まっさんは身体にピッタリのジャンパーにフードを被っているので、大きな妖精のように見える。

ヒデさんは帽子を浅く被っているのでその笑顔が際立っている。

さんちゃんは花を口にくわえ、踊りながらTシャツをめくりお腹を見せる。

舞さんはマスクとサングラスで謎の人に成り切っている。

キノコちゃんは腰を振り、上体をくねらせて踊る。

わたしは何度か花が落ちて慌ててしまい、簡単なステップなのに間違えそうで緊張している。

みんなは度胸が据わっていると感心させられた。やはり「勇猛果敢」は間違いだったかもしれない。

「みんな会社の人に知られたらどうする？」美保子さんに聞かれ、さんちゃんは冗談で会社辞めますと言っていたがそのあとどうしただろうか。

全員に簡単な紹介文がついて世に生み出された。

こんな風に何もかも違う七人が出会って直ぐに打ち解けて、一緒にユーチューブでダンスを披露出来るとは誰も思ってもいなかった。

そのダンスも見えない存在のオーダーにより誕生したのだから、とんでもない展開だ。

こんな経験をさせてくれた不思議な力に感謝せずにはいられない。

まさに「神さまツアー」ならではの展開なのだ。

（＊URL：https://www.youtube.com/watch?v=aKyC6hX5E-I　またはYouTubeで「JOY7」で検索）

11　想いは形になる

時空を超え、必要なことが現実化される。

宇宙の法則を知るわたしたちはすでに、そのことを十分に知り体験している。そのことが広く知られ、そしてネガティブの波動を受けなければ、さらに現実化しやすくなる。ここシャスタでは全てが加速してそう教えられる。

聖地シャスタに不思議な能力に目覚めた者たちが集まったことで、次々と素晴らしい出来事を用意してくれる。それは楽しさの中に盛り込まれた「気づき」と「喜び」の発見だ。

誰からともなく旅行記を書いてみてはどうかという話になった。

旅行は特別なものだが、この旅行はわたしたちにとってさらに特別なものとなった。その想い出を残したい。そしてまたいつか想い出して余韻に浸りたいし、みんなで集まって笑い合いたい。

キノコちゃんにはちょうどよい機会のようにも思えたので、「キノコちゃんが書いたら？」「書いてよ」みんなが言った。

わたしも一緒になって「書いてる間ずっと楽しいよ」と勧めていた。なかなかその気にはならないようで「うん」と言わない。

さんちゃんが言った。「書いたら僕が百冊買うよ」

キノコちゃんは「千冊にして」と言ったが、まだ書くとは決めていないようだった。

12　宇宙船に乗ったかも

さんちゃんは実は宇宙船に乗ったことがあるかもしれないと言い始めた。

弟が「兄貴、子供の頃宇宙船に乗ったって言ってたよね」と言うので、そうかもしれないと最近思うようになったと言うのだ。

記憶は消えてしまっているのかもしれないが、「そうかもしれないね」とみんなは言った。

宇宙は不思議に満ちていて、わたしたち小さな人間には未知の部分が多すぎる。ただ、必要以上に恐れる必要はないと思う。

地球が今日まで存在し、わたしたち地球人が進化しながら生活出来ているのは、宇宙に守られているからではないのだろうか。

あちらからはわたしたち人間のことがお見通しかもしれない。わたしたちは生まれる前から見られていて全てを知られているのだ。**今更不安になったり恐れを抱いても遅い。知らないことに対しては知識を持ち、理解を深めることだ。**

不安材料は見方を変えるとファンタジーであり、さらに知ることで知識となる。わたしたち人類は本当はどこから来たのだろうか。わたしたちは宇宙の一員で、宇宙人でもある。この身体を脱ぎ捨てたあとはどこでどう過ごすのだろう。

昔誰かに教えられた先入観を持ったまま現在に至っているのなら、そろそろ真実を知ろうとしてみてはどうだろう。

わたしたちだけがこの宇宙の存在では無いことはすでに知っている。さらに知ろうとすることで真実が近づいてくる。

七章　最終日

1　帰国

昨日はお土産を買いにスーパーに行った。アーモンドバターの瓶入りが珍しかったので何人かが買った。

さんちゃんもそれをいくつか買ったのだが、うっかり手荷物に入れてしまったので当然だが税関に止められてしまった。

難しい話は英語より中国語の方がわかるからと、税関では中国語で応対をしてもらっていたが、瓶に入った液体はやはり機内には持ち込めず没収されてしまった。

ラッキーなことに上海からサンフランシスコまでの飛行機ではビジネスクラスに乗せてもらったさんちゃんは、帰りの便もビジネスクラスを期待していたが、残念なことに大切なお土産を没収されてしまいがっかりした様子だった。このツアーではたくさんのエピソードを産んでくれた。

2　下着の物質移動

あるはずのものが消えたり、無かったものが突如として現れたり、現実では起こるはずの無いことが起こることがある。物質移動といえばいいのかわからないが、不思議な現象だ。

以前にわたしは家人が洗濯物を干す時に、「下着が風に飛ばされないようにね」と言ったことがある。一回目は何となく言った。

言った直ぐあとに、「いつも干しているのだから言わなくてもわかっているのになぜそんなことを」と、そう言った自分に驚いた。

少ししてからまた、「洗濯物が風に飛ばされないようにしてね」と同じ言葉が口から出た。直ぐに「どうして言おうと思ってもいない言葉を二度も言ってしまったのだろう」と不思議に想ったが、そのことはまた直ぐに忘れた。

翌日下着が庭で見つかった。一度庭を通った時には気づかなかった。きっと無かった。二度目にそこを通った時に発見したのだ。「風で飛ばされたのかもしれない」そんなことは今まで一度もなかったけれど。

でも、おかしなことにその下着は今まで家の中にあったかのようによく乾いていた。

普通は一晩外にあったものは湿気ている。試しに外に干してあったタオルを触ってみたが、やはり湿気ていた。

不思議ではあったが、そんなことはまた直ぐに忘れてしまった。


翌週、家人が新聞を取りに玄関に行った。普通は廊下に下着が落ちていたら気がつかない方がおかしい。

取りにいく時には気づかなかったのに、戻ってくる時に落ちていた下着を見つけたのだ。

この時、もしかしたら以前から気になっていた物質移動を見せてくれたのだと想った。

二度わたしが口に出したことでそれを印象付け、気づくまで二度も見せてくれた。

今回のドライヤーのことも、三度確認したことで印象付けられたことが先ず奇妙だった。

3　無いはずのないドライヤー

事前連絡で「何でもお尋ねください」と美保子さんに言われたので、貸別荘にドライヤーがあるか尋ねた。

すると「ありますよ」と返ってきた。

他にも聞きたいことはたくさんあったが、一番大切と思われたドライヤーの有無だけはメールで尋ねた。

シャスタの夜は冷えると聞いたので、もし備え付けが無ければ旅行用の軽いドライヤーを持参すればいいと思ったからだ。

二度目の連絡にもなぜか「ドライヤーはあります」と再度書いてあった。

それは前回書いてあったので知っているけど、念を押してわたしを安心させたいのかなと想った。

そして三度目の連絡のあとにも、文章の終わりに「ドライヤーはあります」と書かれていた。

なぜ三度も伝えてきたのだろうとやや不思議に想ったが、それ以上気にも留めなかった。

貸別荘には生活に必要なものは何でも備え付けてあった。アイロンも掃除機もある。洗濯機も扇風機も。

それなのに必需品のドライヤーが無いのだ。他の部屋にもバスルームにも無い。この貸別荘のどこにもドライヤーが無いのだ。

美保子さんはもしかしたら貸別荘のオーナーに問い合わせをして、あると確信してわたしに三度も連絡したのかもしれない。

それなのに無いはずのないドライヤーが無い。

わたしは美保子さんが三回も念を押したことが気になり始めた。

こんな時は大抵何かのメッセージが隠れている。

4　納豆大好き

その話には続きがある。

美保子さんは大の納豆好きらしく、納豆を持ってきてくれないかとメールで言ってきた。

本来ならお安い御用なのだが、匂いの強い納豆をスーツケースに入れて税関を通過するには少し抵抗があった。

もし見つかって、アメリカに入国できなかったらどうしようかと少しばかり悩んでいた。その想いが通じたのか、ヒデさんから「納豆はわたしが担当しますので、そうめんをお願いします」とメールが来た。

そこで納豆のことは安心してヒデさんに任すことにした。これでわたしも賢い麻薬犬におびえて情緒不安定になることは避けられると、一人旅で少しばかり緊張しているわたしはひと安心した。

美保子さんは、楽しみにしていた納豆をわたしが持っていないのでとてもがっかりしたようだった。もしかしたら美保子さんは、わたしからもヒデさんからも持てるだけの納豆を持ってきてもらいたかったのかもしれない。外国に居ると妙に日本が恋しくなるものだ。

わたしも一応代用品として真空パックになった納豆ヒジキなるものをお土産に持参して喜んでもらおうと思ったが、美保子さんにとってはシンプルな納豆程の魅力はなかったようだ。

わざわざ頼んだほどだから、よほど期待していたに違いないのだ。

「ドライヤーはあります」と三度も連絡してくれたそのドライヤーが無い。

きっとそれはわたしが美保子さんの最も欲しがっていた納豆を持って行かなかったからに違いない。そう想った。

「一番欲しいと言われたものを差し出さずに、あなたが一番欲しいものを受け取ることがありますか?」と心の声に問われた気がした。

5　心の声

心の声はこれまでわたしにたくさんのことを考えさせてくれた。「なぜだろう」と考えたことは時間を有することもあったが、大抵の場合わたしが納得する形で答えを導いてくれた。

まずは「知りたい」と望むことだ。原因があったから結果があり、その原因となるのが考え方であり想いである。

「七人が楽しそうに踊っている姿は素晴らしかったです。多くの人が笑って楽しい気持ちになることでしょう。今回のシャスタツアーに選び抜かれた七人です。一人ずつが、そこに居るだけで周りが明るくなる人なのです。すでにそういう人なのですから肩の力を抜きながら、勇猛果敢に進んでいってください。今をそして自分を大切に。見えない存在より七人の天使たちへ」

見えない存在は、こんな心温まるメッセージを帰国後に贈ってくれた。「勇猛果敢」というキーワードが盛り込んであるところも心憎い。

神々や見えない存在が経験したいことを、身体を持ったわたしたちを通じて共有することもあるだろう。

またそれらを通して予想外の驚きや感動を楽しみ、成長の糧としているとしたらどうだろう。もしかしたらこの地上での人間界は神仏がプロデュースをし、人間が演じているのではないのか。

そしてわたしたちもあちらに行けば、いつか神仏と呼ばれるのではないのか。非物質界では神仏と同じように成長を続ける存在になるのではないのか。

そのために、心と魂とがあるような気がしてならない。

6 「母船に乗りませんか」

帰国から数日後、北斗七星になって踊ったことを知らない舞さんの娘さんが、なぜか北斗七星が付いた髪飾りを購入したという。

そのことだけでも十分面白いのに、見ると七つの星のうちの二つの星だけが大きいという。

その大きな星とは、二番目と四番目で、舞さんが宇宙の存在に言われて立った位置と一致するのだ。

こうして宇宙の存在は、帰国後にまで楽しませてくれる。

その後、舞さんに、「母船に乗りませんか」とメッセージが入ったというが、「一人では嫌です。まだ心の準備が出来ていません。メンバーの誰かと一緒なら行ってもいいです」と答えたという。

もしかしたら、いつの日かメンバー全員で宇宙船の中でも笑いながら北斗七星になって踊っているかもしれない。

見えない存在はどこにでも行けるのだから、どこにいてもおかしくはない。

ただコンタクトを取りたいと思う相手としか取らないのだ。

わたしの前に現れる存在はユーモアに溢れ、いつもわたしを笑わせながら教えてくれる。だからわたしも楽しくて仕方がない。

宇宙の存在は、わたしたちが仲よく楽しく過ごしている時にやって来る。精霊も神々もそうではないのかと想う。

または楽しい時の波動はそれだけで神々とつながる波動であり、誰もが知らないうちに神々とつながっているのではないだろうか。

かつて天照大神も岩屋の中から楽しそうな声を聞き、扉を開けて覗いてみたという。

誰でも楽しいことや自分を喜ばせる何かがあるのなら興味を持つはずだ。そして感じてみたい、体験してみたいと。

科学者たちがどれほど卓越した技術力を持って宇宙人と交信しようとしても、猜疑心や敵対心を持ちながらでは簡単には叶わないのかもしれない。

何事も必要に応じて起きていると云われる通り、われわれの心の中で本当に準備が出来た時にだけ宇宙との交信は可能になるのではないかと思う。

そしてわたしたちの心の準備に応じて、宇宙の不思議は解き明かされる。

わたしたちはいつでも守られていて、何一つせかされることはないのだ。

宇宙に時間は必要ない。

あとがき

この本は、ツアーを通して現実に起きた、見えない存在との交流を描いたものである。

その後、七人の中の数名が、このマジカルな旅についての原稿を書いている。

もしかしたら、他の何人かもわたしのように、「書いて、伝えて」と言われたのかもしれない。

この本の舞台は、シャスタだったが、「神様ツアー」は世界中どこにいても体験できる。

真理を知りたい、見たいと想うだけで、心の中から今居る場所に、それを可能にするエネルギーが送られてくる。

それは、脳のまだ解明されていない部分の働きにより、緻密に計算された上で起きているとも言える。

この世に限界などはなく、あるのは思い込みだけなのではないだろうか。

アインシュタインの言葉が思い出される。

「空想は知識より重要である。知識には限界がある。想像力は世界を包み込む」

身体の細胞にも意識がある。

考え方や想い方はまるで薬のように、精神面だけでなく、身体の細胞にまで変化をもたらす。

私たちの人生は、想いによって形成されている。

著者プロフィール

花咲《はなさき》てるみ

広島県で生まれ、その後札幌、京都、東京、ハワイ、滋賀に住まう。

現在は琵琶湖のほとりでさまざまな不思議を研究中。

宗教や心の枠を超え、想いが病気や困難を引き寄せていて、想い方を変えることで人生や世界を変えられることを、あらゆる世代に向けて伝える。

著書に「なぜ祈りの力で病気が消えるのか？　いま明かされる想いのかがく」（明窓出版）がある。

願《ねが》いを叶《かな》える聖地紀行《せいちきこう》
7人《ななにん》の魂友《たまとも》　シャスタ編《へん》

花咲《はなさき》てるみ

明窓出版

平成三十年八月一日初刷発行

発行者 —— 麻生　真澄
発行所 —— 明窓出版株式会社
〒一六四—〇〇一二
東京都中野区本町六—二七—一三
電話　(〇三)三三八〇—八三〇三
FAX　(〇三)三三八〇—六四二四
振替　〇〇一六〇—一—一九二七六六
印刷所 —— 中央精版印刷株式会社

落丁・乱丁はお取り替えいたします。
定価はカバーに表示してあります。

ISBN978-4-89634-389-2

なぜ祈りの力で病気が消えるのか？
いま明かされる想いのかがく

花咲てるみ

医師学会において「祈りの研究」が進み、古来より人間が続けてきた祈りが科学として認められつつあります。

なぜ様々な病状は祈りで軽減され、治癒に向かうのか?

病気の不安から解放されるばかりか、人生の目的に迫ることができます。


（アマゾンレビューより）★★★★★すべてのひとに読んでもらいたい本
「なぜ祈りの力で病気が消えるのか？」というタイトルではありますが、病気以外についての内容もたくさん書いてあります。

優しい語り口で書かれているのでどんな人が読んでも心穏やかになれる本だと思います。

怒っている時、焦っている時に限って嫌なことが起こる理由。

神社やお寺に行くと心がすっきりする理由。

引き寄せの法則などなど。

スピリチュアルなことから日常のことまで書かれている本です。

あっという間に読みすすめられます。

「病気は『気付き』を与えるためのサイン」

病気で苦しんでいる人、日々のちょっとしたことでモヤモヤとしている人におすすめしたい本です。